名家作品
名师赏析系列

丁立梅作品
学生版

丁立梅 — 著
张慧莲 余映潮 — 赏析

长江出版传媒　长江文艺出版社

图书在版编目（CIP）数据

丁立梅作品：学生版 / 丁立梅著；张慧莲，余映潮赏析. —— 武汉：长江文艺出版社，2022.6
（名家作品. 名师赏析系列）
ISBN 978-7-5702-2653-5

Ⅰ.①丁… Ⅱ.①丁… ②张… ③余… Ⅲ.①散文集—中国—当代 Ⅳ.①I267

中国版本图书馆CIP数据核字(2022)第069333号

丁立梅作品：学生版
DING LIMEI ZUOPIN：XUESHENG BAN

| 责任编辑：张远林 | 责任校对：毛季慧 |
| 装帧设计：天行云翼•宋晓亮 | 责任印制：邱 莉 杨 帆 |

出版： 长江出版传媒 长江文艺出版社
地址： 武汉市雄楚大街268号 邮编：430070
发行： 长江文艺出版社
http://www.cjlap.com
印刷： 湖北画中画印刷有限公司

| 开本：640毫米×970毫米 1/16 | 印张：12 | 插页：1页 |
| 版次：2022年6月第1版 | 2022年6月第1次印刷 |
| 字数：117千字 |

定价：25.00元

版权所有，盗版必究（举报电话：027—87679308 87679310）
（图书出现印装问题，本社负责调换）

从细微平凡处，寻找生活的真味

张慧莲

丁立梅，江苏东台人，著名散文作家，中国作家协会会员，《读者》《青年文摘》《特别关注》等畅销杂志签约作家。她的散文优雅从容，被誉为"最暖人心的作家"。其作品有上百篇被设计成语文考试现代文阅读材料。

丁立梅的文章选材平淡有味。

本书设七个专题：童年故乡、温情陪伴、感恩感动、青春梦想、感悟分享、诗意美好、遇见发现。几乎不涉及重大题材，描写的都是平淡生活中的琐碎小事，看似寻常却奇崛。

她善于从细微之处，寻找生活的真味，以小见大，花草、鸟鸣、秋露，都带着看得见的欢喜和感动，流淌着种种温情：如《父亲的菜园子》《远方的远》《幸福的石榴》等文章描绘着深厚如山的亲情；《走亲戚》《月亮天》《种爱》等文章传递着温润如水的恩情乡情；《有一种爱叫相依为命》展现了朴素静好的爱情；《小鸟每天唱的歌都不一样》《花盆里的风信子》浸润着细腻柔软的诗意童真；《一把桑葚》有着对自然万物的倾心相知;《低到尘埃的美好》是对俗常人世的贴心拥抱;《到古镇去寻古》饱含对文学艺术的慧心感悟……

那些容易被忽略的人和事,经作者一番驻足凝视,便汇成一股股暖流,流过我们心田,带给我们诗意与曼妙,惊喜与顿悟;让我们学会感恩与知足,从容与淡定。读她的文字,发现世界如此美妙,生活充满温暖。

丁立梅作品的语言表达自然亲切。

其文字干净得像云朵,精致得如瓷器。读她的作品,就是在与灵感邂逅,不妨更深入地去发现其创作奥秘,我们的眼睛会日益清亮,我们的心也会因经受文字的洗礼而日益明朗。

首先看遣词造句。在文字的迷宫里,她对字、词、句、段落极为讲究,尤其擅长在文眼上下功夫。例如《让梦想拐个弯》《风会记得一朵花的香》《桃花流水窅然去》等标题,或直白,或婉转,或忧伤,直接影响读者的第一印象,甚至让人一见欢喜,心领神会,迫不及待地想去探幽寻境。

丁立梅尤其擅长运用夸张和比喻的手法。用词清丽,营造意境,打破常规,另辟蹊径,大胆想象,使文章秀美丰韵,醇厚深沉,或者活泼生动,可爱迷人。自然万物,尘世凡俗,她只需一颗欢喜心,调动五觉,组合搭配,高明裁剪,细描点染,就让每一棵草都会说话,每一朵花都在微笑。如《草木有本心》中,所有草木都有一颗玲珑心,写出了一种亲近自然的情结。

其次看文面章法。有散文化的情愫,自然流淌,一泻千里,波涛相接,海浪相拥;也有呼应式的结构,恰似一棵蓬勃的参天大树，枝枝相连，叶叶相通。

　　作者常常喜欢用横式结构铺展。如《风会记得一朵花的香》《捡得一颗欢喜心》《低到尘埃的美好》均用三件事，表现对生活的无限热爱与欢喜；《生命自在》讲述三个故事，表现生命的从容、自在、美好。有时候作者才思如泉涌，也可能写五件事、七件事……温暖的叙述，细腻的笔触，浑然天成，贴合人心。

　　丁立梅作品的思想情感鼓舞人心。

　　丁立梅笔下，万事万物皆有情。一草一木，温情脉脉；一人一事，字字珠玑。身边一个个普普通通的人，各有活法，各有姿态，真实鲜活，灵动丰富；作品中或近或远的各种事件，仿佛就是我们每个人的生活，就发生在邻家，千姿百态，具有动感、美感、立体感。如《跟着一朵阳光走》《跟着一棵草走》……

　　丁立梅作品用爱、用善良、感恩、宽容装扮我们身心的寄居之所，使人在寒冷孤寂里，亦不觉得荒凉。如《奔跑的小狮子》《泡桐花开》……

　　抬头看天，低头看花，就不会被生活辜负。不回避灰暗与阴霾，敢于直面难堪和现实，如《掌心化雪》《稻草人》，在展示出伤痛之后，她懂得去抚慰，懂得给人希望，唤起人心底的温存和善良。

　　翻开这本书，仿佛在春天的原野漫步，随便哪一页，眼前总有露珠在草叶上滚动，充满灵气而又藏有慧心，读来有诗的韵律、歌的欢快。每一个字词，每一处标点，似乎都有着生命，清新、活泼、摇曳生姿，让你忍不住发出赞叹。其作品中永恒的思想核心,如一朵阳光,照得人心头暖暖的,身边亮亮的。

目 录

第一辑 童年 故乡

002　走亲戚

007　晒月亮

010　糖担子

014　乡下的年

018　牛皮纸包着的月饼

021　一把桑葚

024　稻草人

027　月亮天

第二辑 温情 陪伴

- 032 有一种爱叫相依为命
- 035 奔跑的小狮子
- 038 父亲的菜园子
- 041 母亲的心
- 044 幸福的石榴
- 047 吊在井桶里的苹果
- 051 爱,是等不得的
- 055 爱的标准

第三辑 感恩 感动

- 059 掌心化雪
- 062 花盆里的风信子
- 065 远方的远
- 068 风会记得一朵花的香
- 072 老人与花
- 075 住在自己的美好里
- 079 种爱
- 083 小鸟每天唱的歌都不一样

第四辑　青春　梦想

- 089　让梦想拐个弯
- 092　泡桐花开
- 096　走着走着，花就开了
- 100　桃花流水窅然去
- 105　青春是一场花开
- 109　那一夜，星光如许

第五辑　感悟　分享

- 113　给心灵放一次假
- 116　我为什么快乐
- 119　草的味道
- 123　生命自在
- 126　阳光的味道
- 129　爱与哀愁

第六辑　诗意　美好

- 133　清欢
- 139　捡得一颗欢喜心
- 143　看花

146 跟着一朵阳光走

149 书香做伴

153 灵魂在高处

156 低到尘埃的美好

第七辑 遇见 发现

161 槐花深一寸

164 满架秋风扁豆花

168 才有梅花便不同

171 草木有本心

174 到古镇去寻古

179 跟着一棵草走

第一辑
童年 故乡

走亲戚

那一年我四岁,有幸被奶奶选中,跟着她走了一回亲戚。我的兄弟姐妹多,这样的机遇不很多。所以那天,我显得特别乖巧特别兴奋,我抢着帮奶奶找梳子,抢着帮奶奶拎她的布包。布包里,有奶奶用手绢一层一层包起来的零星碎票。奶奶说:"到人家吃饭不是白吃的,要给人情的。"这与小小的我无关,我只晓得跟着走亲戚,是一件比过节更令人快乐的事。

奶奶一路上反复告诫我:"见了人一定要叫,嘴巴要甜,这样才讨人喜欢。"我爽快地答应了,我希望做个被人喜欢的乖孩子,所以,一路上我一直念叨着伯伯、伯母(据说亲戚是远房的本家)。阳光温暖,牛奶样地游动着,我蹦跳着挽着小脚奶奶的手,像一只欢快的雀。

亲戚是下放知青,穿洗得很干净的白衬衫,皮肤苍白,这与我们乡间的农人大大的不同。奶奶进门时小声警告我道:"城里人的规矩多,你不要多嘴多舌。"

这样的警告让我心存敬畏,原先的快乐被一种说不清的畏怕替代了。我牵了奶奶的衣襟,把身子藏到奶奶身后。我听到大人们热情的招呼声,但我不敢伸出头来,只躲在奶奶背后,拿眼偷偷往四周扫。两边的墙壁连同屋上方,全用干净的白纸糊着，白纸上贴了年画，很亮，很好看。

"这孩子，就是见不得大方。"我的手突然被奶奶用力一拽，小小的身子已到了奶奶跟前，奶奶说："这是我大儿子的小丫头梅，四岁了，也不叫人。"我害羞极了，低着头，只看到一个人的裤脚，那裤脚真大。还有鞋子，那是我从没见过的鞋，不是布做的呢。长大后，我才知道，那是皮鞋。

那个奶奶让我称他伯伯的人抱起我，用散着淡淡牙膏香味的声音问我："你就是梅？"然后把我仔细打量了两遍后，像预言家似的对我奶奶说："这孩子长相不一般呢，将来准能出个人的。"奶奶赶忙回："农村的小丫头，长大嫁人，能有什么出息？他伯伯你说笑了。"

我不懂他们说的什么意思，看到那个伯伯叫伯母拿糖给我吃，我就很是开心起来，忘了羞涩，忘了害怕，伸出小手，也不顾奶奶的白眼警告，一把接过来。

午饭更是让我充满欢喜，竟是白白的大米饭，一点儿杂粮也没有的纯粹的大米饭，那在我们家，是过年也吃不到的。饭后，大人们在聊家常，伯伯家的两个大哥哥就陪了我去屋后的园子里捉鸟玩。午后的阳光斜斜地照下来，鸟的歌声停息在桂花树上。我快乐得像个小公主，真想就做了那个伯伯家的孩子，有糖吃，有大米饭吃，有白白的墙壁，好看的年画，有长着桂花树的园子，还有洗得很干净的白衬衫。

但这只能是梦想，太阳还高高挂着呢，奶奶就来叫我，丫头，回家了。分别时，伯伯再次抱起我来，亲了一下我的小脸蛋，说："下次再来啊梅，伯伯钓鱼给你吃。"

我牢记了这样的话，并不以为这是成人的客套。伯伯既然说了下次再来,那就是说,他是喜欢我的,他是真的希望我下次再去的。从伯伯家回来后,我小小的心里,就开始酝酿起一个伟大的计划:我要只身一人去伯伯家!为了那好吃的白米饭,为了伯伯承诺我的鱼。我把去伯伯家的路线反反复复在心里面回忆了又回忆,途中要过不少的小木桥。我最怕过那样的小木桥了,站在木桥上,从很大的空隙间,可以清晰地看见下面的河水流动。我害怕那样的流动,我觉得若我站在桥上,一定会被它吞没了的。

但过木桥的恐惧终敌不过大米饭的诱惑,在一个飘着薄雾的清晨,我一个人偷偷出发了。忘了前行的经过,只记得所有的木桥我都是爬着过的。正午时分,我终于胜利地抵达了伯伯家。伯伯一家人正在吃饭,吃的仍是白白的大米饭。他们见到倚门而立的我,都大吃一惊。伯伯抱起我来,把我放到他膝上,边叫伯母给我盛饭,边用大手抚我的小脸,问:"小丫头,你怎么一个人来了?"

我不答话,捧起碗就吃。那一顿饭真香哪,一粒一粒的白米,像圆溜溜的小珍珠,空气里氤氲着桂花的香气。那样的时光,仿佛用指轻轻一拂,就能拂到黏稠的香甜。我埋着头大吃的当儿,听见伯伯和伯母在谈我,我不记得他们说什么了,只记得他们用的是一种叹息的语气。饭后,伯伯又给了我两颗水果糖,我没舍得吃,我要带给妈妈。然后是两个哥哥陪我玩儿,具体玩些什么全忘了,在太阳要下山的时候,我想起了必须回家。

回家的路却不似去时的路那么好认了,走着走着,我就迷了路。又不敢问人,只在路上转。眼看着太阳落下山了,我很害怕，仰着脖子大哭起来。我的哭声引来了许多村民围观，他们议论纷纷，这是谁家的孩子？这孩子肯定迷路了。后来，过来一个女人，女人的样子我已无法回忆清了，只记得她很面善。她弯腰抚抚我的头，很温和地问："小丫头，你是哪家的？"我抽泣地说出了爸爸的名字，并且又添加一句："我家屋后，长着许多竹子的。"村民们一听都乐了："噢，原来是他家的小丫头啊。"女人也笑了，她把我抱起来，说："你这小丫头，你家里人还以为你掉河里淹死了呢，你爸爸妈妈已央人在河里打捞一天了。"

我被女人送回家的时候，母亲正坐在门槛上哭，邻居们围了一大堆，所有人都认定我死了，肯定掉到某条河里淹死了。我以为我惹祸了，很怕挨揍。到了家门口，我紧紧拽着送我的女人的手，死活也不敢进去。母亲过来一把抱过我去，欢喜得忘了责备，泪糊了她满满一脸，她说："我的乖乖，妈还以为再也见不到你了。"

至今妈妈还说，我命大且聪明，那么小不点的人儿，会跑那么远的路，且在迷路的时候，还晓得说，我家屋后长满了竹子的。

全村人家在屋后长着青青竹的，只有我家，一大片的，很远就能望得见，那一层一层堆积起来的墨色的绿。

名师赏析

　　本文讲述"我"四岁时,独自走亲戚,返回时却迷了路,被人送回家的故事。

　　用景物渲染心情。温暖的阳光牛奶样地游动着,形容走亲戚的兴奋与喜悦;氤氲着桂花香气的黏稠的香甜,表现乡村的美好;青青竹的墨色的绿,突出迷路晚归时的深刻记忆。

　　用细节刻画人物。奶奶对我的告诫与警告,体现乡下人家的淳朴厚道;伯伯的夸奖与客套,揭示城里知识分子的个人修养与待人尊重;围观村民中的那一个女人送我回家的热情友善;母亲见到我后的拥抱与安慰,以及兄弟姐妹和儿时玩伴,共同构筑了儿时记忆里的温暖画面……

　　用事件深化主题。以"走亲戚"为主线,贯穿多件事多个人多种情谊,表现儿时的"我"对新鲜和美好事物的好奇心,孩子天真勇敢、聪明执着以及浓浓的亲情和乡情。

晒月亮

乡村的夏夜是丰富的,最丰富的,莫过于月光了。

那真的是一泻千里满山遍野,听得见汩汩流动的声音。远处的田野、小径,近处的树木、房屋,都开始了月光浴。白天的喧嚣与燥热,被濯洗得干干净净,植物们在月下甜蜜地酣睡,虫子们在草丛中欢天喜地唱着歌,露珠儿在悄悄落。这个时候的乡村,格外宁静。

竹床,长凳,门板,被早早搁置到苞谷场上。月亮升起来的时候,村人们都聚拢过来纳凉。人人手中一把蒲扇,坐着或躺着。风从这边吹过来,从那边吹走,月光的羽毛飞起来。

小孩子可以缠着大人讲故事。我们最喜欢缠的人是邻居二伯,他仿佛有一肚子的故事。二伯长相挺"凶",一脸麻子,还瞎了只眼。平时一个人过,住在两间草棚里。大白天我们看到他,都绕道走。但到了有月亮的晚上,他的脸看上去却一片柔和,像镀着一层蜡,麻子不见了,他变得有些慈眉善目,我们都不再怕他。

二伯见到我们缠他,颇是得意。他卖关子似的轻咳一声,再咳一声,说,从前哪,然后停顿下来。我们急啊,追问,是从前有只狐么?二伯笑着不吭声,只把那把破蒲扇摇来摇去,像拈花而笑的佛了。

于是有聪明伶俐的孩子，赶紧上去帮他扇扇子，还有的孩子去帮他捶背。他很是享受地微闭着眼，笑对其他人语，谁说我无儿无女日子不好过的？瞧瞧，我有这么多孩子呀。大家便哄笑，说，你好福气。

月亮饱满，像怀了无限甜蜜的女子，深情款款。二伯的故事讲开了，是我们百听不厌的狐故事：从前，有一个赶考的书生，半路上救下一只掉进陷阱里的狐。那是只成了精的女狐呀，一下子爱上书生了，一路尾随书生去赶考。书生突遇强人，遭到抢劫，差点丢了性命。狐便化成女子，日夜悉心照料他。书生伤好后，和狐结成了夫妻。后来，狐妻助书生考上了状元。

故事说到这儿，很圆满了。我们满足地叹气。星光下，我们想象着那只美丽的狐狸，希望自己也能遇到一只。或者，自己就是那样一只狐狸。

一旁的祖母，蒲扇在手上摇得可有可无，眼睛早就闭上了。我们这才发现，已是下半夜。木板床上有鼾声响起，月亮渐渐偏西了，是情深意长的一个回眸。我们的眼睛也不争气地合上。母亲用扇子轻轻拍拍我们，该回屋睡去啦。邻居二伯显得意犹未尽，说，明天再来听二伯讲故事呀，二伯一定给你们讲一个更好听的。

我们打着哈欠，嘴里面应着好，一脚高一脚低地往屋子里走，披一身一肩的月光。回到屋里，人刚一沾上床，就进入梦乡。梦里，摇晃着一个大大的月亮，月亮下，跑着一只漂亮的狐，白色的毛，雪一样的……

多年过去，故乡的月亮一直在我的心头亮着，我找不到很好的词来描述它。不久前,我在一篇文章里偶然看到"晒月亮"这个词,一下子像遇到知己般的。故乡夏夜里那明晃晃的月亮,原是供我们晒的呵。

名师赏析

标题别具匠心。本文的"月亮",为宁静的乡村美景与生活,搭建了最富有意境的平台,温馨、美好、惬意。"晒"字别有新意,颇有得意之感,回忆了月光下快乐的童年生活,激发了读者的阅读兴致。

写法灵活多样。以"月亮"为线索,借助联想和想象,运用衬托、比喻、夸张等手法,动静结合,描绘了月光下不同时段的景物,如"月光的羽毛随风飞起来""月亮饱满,像怀了无限甜蜜的女子,深情款款"等,饱含深情。同时写了月下的人和事,如讲故事的二伯,摇蒲扇的祖母,孩子们的快乐……富有生活气息,具有人情美、孩子味。

主旨意蕴深刻。故乡的月亮是一枚徽章,因那些人、那些景、那份情,永远定格在记忆深处。结尾点题,收束全文,照应标题。

糖担子

糖担子进村，多在年脚下。一人，一扁担，扁担两头各拴一个筐。那两个筐，简直神奇得跟百宝箱似的，那是把一个世界的甜和好，全装在里面。现在想来，那里面装着的，不过是些麦芽糖，不过是些花花绿绿的玉球、彩带什么的。

当第一声"当当当"的铜锣响，从村外隐隐传过来，耳尖的孩子，早已听到了。他奔走相告，糖担子来了！糖担子来了！空气立即沸腾起来，我们快速地跑回家，屋里屋外，角角落落，拼命翻找，破塑料纸、破布条、旧鞋底、牙膏壳、碎铁片……无一放过，一时间鸡飞狗跳。

这个时候，芳总是最镇静，她不慌不忙地走回家，捧出一叠的破烂来：破塑料纸扎成一捆；废纸片儿扎成一捆；硬纸盒子扎成一捆。那都是她平时积攒的。上学的路上，她自备一竹签子，遇到破烂，就挑到她的竹签上去。哪怕是巴掌大的一张小纸片，她也绝不放过。每每放学归来，她的竹签上，总少不了一些"战果"。大人们见着了，都感叹，芳这孩子，从小就晓得过日子呢。

我们眼馋地看着芳，她用她的破烂，换了一堆东西：几大块麦芽糖，花花绿绿的扎头绳，花花绿绿的丝线，亮闪闪的顶

糖担子来了！糖担子来了！空气立即沸腾起来。

针箍，漂亮的发卡。而我们的破烂，只够换一小块麦芽糖的，白蛾子似的，躺在我们的手掌心。哪里舍得一口吞下？伸了舌头，慢慢舔，糖的甜，一点一点在嘴里泅开。我们在心里发着誓，一定要备一根竹签子，去捡破烂！但等到麦芽糖的甜，从我们的舌尖上消失，我们渐渐忘了自己的誓言，依旧无心无肺地贪玩。

芳念完初中就回家了，后来早早嫁了人，生了两个娃。我大学毕业那年，在村口遇到她，她一手牵一个娃，脸蛋红扑扑的，小日子过得殷实。我们笑说一些过往，说到糖担子——这都是后话了。

挑糖担子的，基本都是老人，藏青的衣，藏青的裤。以至在我们的脑海里，形成定势：大凡挑糖担子的，一定是穿藏青的衣、藏青的裤的老人。有时，在村子里看到这样的路人，我们总要追着看半天，理由只有一个：这个人，像个挑糖担子的。

然而，却有了例外。某一年的冬天，糖担子进村，我们看到的，不是老人，而是一个年轻人。瘦削，面皮白，穿一件米色棉衣。惹得一圈人围观，大家一边看他糖担子里的东西，一边打量他，终于有人问了，你娶媳妇了没？

年轻人只是微笑，不大说话。他麻利地给那些破烂儿称斤两，麻利地敲下一块块麦芽糖。大家笑着接过，那一天的话题里，少不了这个年轻人。

这个年轻人，后来拐跑了张家姑娘，那是过年后的事。村子里因这事沸沸扬扬，大家碰到一起，总有人神秘地问，张家姑娘回来了吗？那些天，张家人出门都低着头，觉得姑娘做了件丑事，很是见不得人的。我们小孩子心里却生了另外的羡慕和向往——这下子张家姐姐可掉进糖缸里了,天天吃糖呢。

再见到张家姑娘,她抱着一个幼小的孩子回了娘家,脸上凄凄然,看不出幸福。村人们背后小声议论,说那个年轻人,家里穷得丁当响,对她不好,在家里老是打骂她。

我们小小的心,在一边听得揪揪的,怎么会呢?怎么会呢?这件事一直到长大后我才明白:想象是想象,现实是现实,想象与现实,总是有些距离的。

名师赏析

"糖担子"有三大作用:背景铺垫,行文线索,人物对比。

背景铺垫。"糖担子"是物质匮乏年代特有的生活形式,装着孩子的期待与向往,有着深刻而丰富的寓意,反映农村的生活琐事,为人物命运作铺垫。

行文线索。围绕"糖担子",简单勾勒了孩子世界里的美好回忆,侧重描写了与"糖担子"有关联的两位姑娘的命运,从而揭示了文章主题:想象与现实,总是有些距离的;甜蜜的生活,该由自己去创造。

人物对比。芳做事井井有条、勤劳能干,成年后的日子也殷实;被拐跑的张家姑娘跟着糖担子,却过得穷困不堪。一个是创造,一个是依赖,所以命运截然不同,引人沉思。

纵观全文,先以孩童视角叙述事件,再以成人视角回望评价,真实亲切,让人心生感慨。

乡下的年

乡下的年，是极为隆重的。

从进入腊月起，人们便开始着手为年忙活。老人们搬出老皇历，坐在太阳下，眯缝着眼睛翻，哪天宜婚嫁，哪天祭神，哪天祭祖，一点不含糊。村庄变得既庄严又神秘。

蒸笼取出来了。井水里清洗，大太阳下一溜排开了暴晒。孩子们望着蒸笼，一遍一遍问，什么时候蒸馒头啊？什么时候做年糕啊？大人答，快了，快了。这等待的过程真叫熬人。看看天，那太阳怎么还不西沉，日子怎么还不翻过一页去！灰喜鹊站在光秃秃的树上，欢天喜地叫着。喜鹊也知道要过年么？孩子们也仅仅这么想一想。那边的鞭炮在响，噼噼啪啪，噼噼啪啪，震得小麻雀们慌张地飞，眼前一片红在闪。娶新娘子呢。一溜烟跑过去。一路上，全是看热闹的人。

也终于盼到家里蒸馒头了。厨房里烟雾弥漫。门前早就摊开几张篾席，一蒸笼一蒸笼的馒头，晾在上面。孩子们跳着进进出出，敞开肚皮吃，直吃到馒头堵到嗓子眼。门前不时有人走过，一脸的笑嘻嘻。不管平日关系是亲是疏，这时候，定要被主家拖住，歇上一脚，尝一尝馒头的味道。他们站着亲密地说话，说说馒头发酵发得有多好，问问年货准备得怎么样了。空气变得又酥又软，对着它轻轻咬上一口，唇齿仿佛都是香的。

河里的鱼，开始往岸上取了。一河两岸围满观看的人。鱼在河里扑腾。鱼在渔网里扑腾。鱼在岸上扑腾。翻着白身子。人们的眼光，追着鱼转，心里跳动着热腾腾的欢喜。多大的鲲子啊，往年没见过这么大的呢，人们惊奇着。——往年真没见过吗？未必。可人们就是愿意相信，今年的，就是比去年的好。

河岸上撒满被渔网带上来的冰碴碴，太阳照着，钻石一样发着光。孩子们不怕冷，抓了冰碴碴玩，衣服鞋子，都是湿的。大人们这个时候最宽容了，顶多是呵斥两声，让回家换衣换鞋。却不打。腊月皇天的，不作兴打孩子的，这是乡下的规矩。孩子们逢了赦，越发的"无法无天"起来，偷了人家挂在屋檐下的年货——风干的鸡，去野地里用柴火烤了吃。被发现了，也还是得到宽容，过年么！过年就该让孩子们野野的。

家里的年货，一样一样备齐了，鸡鸭鱼肉，红枣汤圆，还有孩子们吃的糖和云片糕。糖和云片糕被大人们藏起来，不到年三十的晚上，是绝不会拿出来的。孩子们虽馋，倒也沉得住气，看得见的甜就在那里，不急，不急。

掸尘是年前必做的大事。大人小孩齐动手，家里家外，屋前屋后，悉数被打扫得干干净净。甚至连墙旮旯的瓶瓶罐罐也不放过，都被擦洗得锃亮锃亮的。

多干净啊。旧年的尘埃，不带走一点点。新年是簇新簇新的，孩子们在洁净的门上贴春联，穿花洋布，吃大肥肉。这是望得见的幸福。猪啊羊啊跟着一起过年，猪圈羊圈上贴上横批：六畜兴旺。

零碎的票子已备下了，那是给卖唱的人的。年三十一过，

鱼在渔网里扑腾。人们的眼光，追着鱼转，心里跳动着热腾腾的欢喜。

唱道情打竹板的就要上门来了。自编自谱的曲儿，一男一女。或是一个男人，倚着门唱：东来金，西来银，主家财宝满屋堆。声音闪着金属的光芒。到那时，年的气氛，达到高潮。

名师赏析

> 开篇以"隆重"一词作文眼，统领全篇；结尾用"达到高潮"收束，言有尽而意无穷。主体部分则有条不紊地叙述"乡下的年"，那份准备迎接新年的忙碌与幸福感，欢乐喜庆溢满字里行间，触手可及。
>
> 铺排式的场面：农村的风俗，童年的记忆，新年的祝愿，慢慢地渗透在一件件小事中，表现了大人的勤劳与宽容，小孩对年的期盼与得意。
>
> 递进式的情感：看老皇历的期待，蒸馒头尝馒头的热闹与乡情，捕鱼时由衷的赞叹，备年货的甜蜜，掸尘的清爽，贴春联、穿新衣的隆重……乡下的年味越来越浓，至年底，达到高潮。
>
> 点睛式的细节：欢天喜地的灰喜鹊，钻石一样发光的冰碴碴，贴上横批的猪圈羊圈……
>
> 细节成就完美，长短句式、俗语歌谣、修辞手法，也运用得恰到好处，能够激发读者的阅读兴趣，引起共鸣。

牛皮纸包着的月饼

朋友去北京，给我带回两盒包装精美的月饼。红漆木盒装着，华丽、雍容。

揭开盒盖，不多的几只月饼，躺在质地柔软的丝绒上，是皇家女儿，金枝玉叶着。

洗净了手，和家人，带着虔诚的心，切了一只月饼来尝。为此，我还特地拿出宝贝样收藏着的印花水晶盘，把月饼摆成菊的模样。一家人欢欢喜喜拿了吃，鱼翅做的馅，味道怪异，家人都只吃了一口，就放下了。我坚持吃两块，但终究，也受不了那份怪异。余下的，狠狠心，丢进垃圾桶。丢的时候，我祖母似的念叨，作孽啊作孽啊。

便格外怀念起小时的月饼来。是些小作坊做的，用桂花或松仁做馅，外面的面粉，层层起酥，洇着金黄的油。看着就让人垂涎欲滴。

在中秋前一个星期，村部的唯一一家小商店，就把月饼买回来了。散装的，搁在一个大缸里。我们放学时从商店门口过，可以闻得见空气里的月饼味，香甜香甜的，很浓。探头去看，总看到面皮白白的店主，在用牛皮纸包装月饼，五个一包，十个一包。他动作舒缓，在那时的我们眼里，那动作无疑是美的，充满甜蜜的味道。我们的心,开始生了翅膀,朝着一个日子飞翔。

终于等到中秋这一天了。起早祖父就答应了的,晚上,每人可以分到一只月饼。那一天,我们再没了心思做其他的事,只盼着月亮快快升起来。等月亮真的升起来了,我们不赏月,眼睛都聚到门口的小路上。祖父出现了,手里提着用牛皮纸包着的月饼,隔了老远,我们都能闻到月饼的味道。兄妹几个,跑过去迎接,在他身边跳。祖父说,小店里挤满了人,好不容易才买到月饼。语气里有得意,仿佛他做了一件了不得的事。

煤油灯下,祖父小心地揭开一层一层的牛皮纸,我们得到了向往中的月饼,用小手托着,日子幸福得能滴出蜜来。母亲在一边教育我们,好东西要留着慢慢吃。于是我们把月饼分成一点一点的碎屑,舔着吃。总能把一只月饼吃到第二天,甚至第三天。

大人们也一人一只月饼,但他们多半舍不得吃,藏着,只等我们嘴馋了时,分了去吃。但生活的琐碎和忙碌,会让他们忘掉藏月饼这件事。我祖母有一次藏了一只月饼,等她记起时,月饼上面已长了很长的毛了,不得不扔掉,一家人为此痛心了好多天。

祖母也曾把月饼分送给邻家两个孩子,那两个孩子跟着寡母过活,自是没钱买月饼。中秋时,别人家欢歌笑语,他们家却冷冷清清的。祖母说,可怜啊。遂踮着小脚,给他们送了月饼去。回家来安慰我们,让别人吃掉,比自己吃掉好。那时年幼,不明白这句话,现在想想,祖母说的是帮人的快乐啊。如今那两个孩子早已长大,都出息了,一个在南京,一个在杭州。每年回来,都会去看看我年迈的祖母,他们说,忘不了小时用牛皮纸包着的月饼。

一个年长的朋友，在电话里跟我叹，这世道什么都变了，连月饼也没从前的好吃了。

笑。心下戚戚焉，是时光的流转。从前的好，那么的根深蒂固，没有日子似锦缎，却有牛皮纸包着的月饼，让我们期盼。这算得上是一种幸运吧。

名师赏析

本文表达了"美好回忆""忆苦思甜""隔代亲情""感恩回报"等多元化主题。

借事寓理。牛皮纸包着的月饼，具有特定时代的特殊意味，在阅读时，要好好体会。

托物写人。紧扣"月饼"，写了很多有关祖母的小细节，母亲教育我们好东西要留着慢慢吃；祖母也因忘掉藏月饼而不得不扔掉长了很长的毛的月饼，一家人为此痛心好多天；祖母把月饼分给邻家孩子吃……勤劳节俭、朴实善良、关爱他人的祖母形象跃然纸上。

对比映衬。"朋友赠送的红漆木盒包装的华丽雍容的鱼翅馅月饼，因吃不惯而狠心丢弃"与"儿时中秋节，祖父在商店里买回的小作坊的桂花松仁馅月饼让人垂涎欲滴"形成对比；祖母分享月饼，年长朋友感慨现在月饼不如从前……时代在变，友情、亲情、感恩之情却永恒不变。

一把桑葚

好些年不吃桑葚了。某天，从一水果摊前过，看到包装得好好的桑葚，乌紫透亮的。不信，停下问，那是什么？卖水果的男人笑一声，桑树果啊。

这叫法一下子把久别的故乡，拉到我的跟前来。我的乡人们不买桑葚的账，他们只叫它，桑树果。直白又亲切，像唤邻家小儿郎大牛或小狗。尽管成年后，那孩子有比较文绉绉的学名，可在乡人们眼里，他就是大牛或小狗，哪能是别的什么呢。

那时，乡村多野生的桑树，长得又高又粗，和槐树们在一起。桑葚成熟的季节，孩子们乐疯了，成天攀在高高的桑树上不下来，嘴唇染得乌紫乌紫的。脸蛋染得乌紫乌紫的。小手染得乌紫乌紫的。连身上的衣，也被染得乌紫乌紫的。简直就是一个紫色的小人，只剩下两只眼睛忽闪忽闪。这时候，家里的大人们多半是宽容的，不会责怪孩子弄脏了衣裳。有时，他们也会搁下农活，从地里上来，站树旁，摘上一把吃。

太多的桑葚，哪里吃得完？树下落厚厚一层，大家都懒得去捡的，任它把身下的泥土，染得乌紫蜜甜的。鸟飞过来帮忙。成群的鸟儿，小麻雀、白头翁、花喜鹊、野鹦鹉，它们欢聚一堂。桑葚成熟的时节，是它们的节日，那么多甜蜜的果实，它们想吃哪颗就吃哪颗。人这时大度得很，不与鸟计较，放任它们啄去。蓝蓝的天空下，人与鸟，共享这大自然的赏赐，不分彼此，其乐融融，幸福安详。

我在回忆里沦陷，恨不得立即跑回童年去，重新被桑葚染紫。傍晚，我出门去散步，往郊外走。要经过一堵围墙，那堵墙已立在那儿好几年了，里面圈着好几十亩的地，是一家单位买下的。不知是没钱开发还是别的什么意思，地一直荒芜着。附近的农民钻了围墙的铁门，在里面掏地儿种些蔬菜。我有时会站在铁门缺口处，往里瞧，瞧见里面的荒草长得比人还高。

这天，我散步到这儿，习惯性地往里瞧，瞥见里面的小野花，绚丽缤纷，像铺了一条彩色地毯。我忍不住钻过铁门去，想看清楚些。当我如愿地亲近到那些小野花，猛一回头，竟撞见墙角边的一棵桑树，上面累累的，都是紫得发亮的果实。不正是桑葚么！一激动，我差点忘乎所以地跳起来。我跑过去，一颗一颗摘了吃，甜蜜的汁液，瞬息间，把我的心淹没。像童年时那些幸福的鸟儿，想吃哪颗就吃哪颗。

《诗经》里有桑葚："于嗟鸠兮，无食桑葚。"传说中，布谷鸟吃多了桑葚，昏醉过去，险些丢了性命。这里的桑葚，代表让人迷醉的恋情，她陷得越深，被伤得就越深。甜蜜的桑葚，染上了幽怨气，不喜。还是喜清人叶申芗的桑葚："翠珠三变画难描，累累珠满苞。"看看，桑葚由翠绿变红变紫，一颗颗像饱满的珠儿似的，累累地挂在树上，哪里能画得出呢？这才是桑葚应有的样子，繁华，热闹，饱满，欢喜。

我采一把桑葚，打算带给邻居家的小孩。他是不知这世上有桑葚的。现在，即使乡下的小孩，怕是也不大知道桑葚了。

那种吃桑葚的野趣,到哪里去寻呢?

 名师赏析

开篇巧设悬念,由水果摊前包装精美的桑葚引起回忆,自然贴切。

运用插叙,写童年吃桑葚的情景,作者极力渲染一种"野趣":孩子攀在高高的桑树上尽情吃得乐疯了,大人也搁下农活摘上一把吃,成群的鸟儿与人共享大自然的赏赐……轻松惬意,意境高远,人与自然和谐相处。

转回现实,作者仍寻到了这种"野趣",在散步的一处荒地偶遇桑葚。

反复强调,突现"野趣"——"像童年时那些幸福的鸟儿,想吃哪颗就吃哪颗。"

借助诗词,精准地描绘出桑葚的传说故事,迷醉,幽怨,繁华,热闹,饱满,欢喜。作者的独特解读,描绘出了另类的美与趣,满载古典意味,今昔情感,一脉相承。

巧妙照应,表达了对"野趣"不再的遗憾——"那种吃桑葚的野趣,到哪里去寻呢?"

稻草人

水稻刚刚抽出淡绿的穗，南来的风，还有些闷热，祖父就忙开了。他自去屋后砍下几根竹子，再去草垛上，扯下几把稻草来，人便蹲到屋檐下，他要扎稻草人了。邻家老妇人站在一边看，说，帮我家也扎两个。祖父答应，好。眼见得寻常的稻草，在祖父的手里，一上一下跳舞，不一会，单薄的稻草们，变得饱满起来，变得有血有肉起来，有胳膊有腿的，还有一张鼓鼓的脸。

稻草人扎好，我们退后几步看，它真的是一个人啊，昂首挺胸，活活泼泼。祖父找来一顶破草帽，扣到它头上，它一下子沉默了安静了，越发像一个人了。像放牛的张二小呢，我们说。一旁的大人们愣怔了一下，笑了，说，可不是么，还真有点像。

稻草人一个一个站到田埂边。这个时候，乡村的田野，辽阔无边。风唰啦啦吹过来，稻浪翻滚，金光闪闪。稻草人稳稳站着，目不斜视，像尽心尽职的士兵，守着它的领地。我们小孩子围着稻草人，玩打仗的游戏。稻草人被我们封为指挥官，那些来啄食的鸟雀，理所当然成了入侵的敌人，被我们追得满稻田上空慌乱地飞。

玩累了，我们坐到田埂边。太阳还没有完全落下去，月亮却早已迫不及待升起，淡淡的，飘在天上，一枚荻絮似的。鸟雀的喧闹声，从头顶，密密匝匝砸下来，它们成群结队，呼朋引伴地飞向巢窝。四野里，却静，静得让人心慌。我们扭头看稻草人，它没在黄昏里，一半黛青，一半橘红。我突然被一种忧伤的情绪攫住，不可名状，那稻草人看上去，太像放牛的张二小了。

张二小比我大几岁，从小没了父母亲，形单影只地陪着一头老牛来来去去。见了人，也无话，多半是低着头，想他自己的心事。村人们都说这孩子脑子有毛病，说到他，前面都加个"呆"字。那个呆张二小啊，他们这么说。可我从没觉得他呆，他会用小草编蚂蚱，还会做芦笛，吹出像汽笛鸣叫一样好听的声音。

不多久，稻子熟了，人们收割上岸，却把稻草人遗弃在田埂边。秋渐深，稻草人站在清寒的风里面，日益单薄，鸟雀们早就不怕它了，不时站到它的肩上打闹。风刮得越来越紧时，它终于瘦得只剩下一副骨架。冬天来了。

这年冬天，放牛的张二小突然死了，死于出天花。当时，全村出天花的孩子有百十个，只他死了。半夜口渴，他自己起床舀了一瓢生水喝，引发高烧。被人发现时，他在床上已僵硬多时。那些日子，村人们谈论的话题，都是张二小。可怜的孩子，村人们摇头惋惜地叹。叹完后，各自回家，各去过各的日子。我跑去田埂边看稻草人，它的骨架，早已不知被谁捡回家去当了柴火。天上开始飘起了雪花，一片一片，扯棉拉絮般的。很快，褐色的大地上，覆盖了一层厚厚的白，光洁耀眼。再寻不着稻草人的一丝气息，仿佛它从未存在过。

名师赏析

巧用象征，一语双关。标题"稻草人"，本指站在田埂边看护鸟雀的稻草人；而本文反复强调稻草人就像放牛的张二小，暗示了这个孤儿的命运。

详略结合，双线交织。大量的笔墨在写田埂边的稻草人，扎的过程，装扮的细节，看护稻子后在冬天消失……同时，简单交代了张二小的家境和性格命运，从小没了父母亲，形单影只，不爱说话，死于出天花。

景物烘托，意味深长。"南来的风，还有些闷热""月亮飘在天上，一枚荻絮似的""秋渐深，稻草人站在清寒的风里面""天上开始飘起了雪花"……

构思新颖，主题鲜明。这个悲惨的故事，折射社会底层人民的辛酸困苦，寄托着作者淡淡的忧郁哀怨，也启迪人们沉思：人与人之间，应少一些冷漠，多一点儿关爱与援助，让无助的人，多一份慰藉和希望。

月亮天

我要对此刻的天空说点什么才好。

此刻,晚上八九点。月亮升得很高了,天空澄澈得仿若一潭湖水。一两颗星子,是水里面游着的小鱼,轻盈又活泼。

万物经过一春的盛放、一夏的喧闹,渐渐各归其位。这很像一场繁华演出,高潮已过,终到谢幕。于演员也好,于观众也好,都得到了各自所需的,心满意足了。灯光也就一盏一盏熄灭了,站起身,掸掸衣,都回家睡觉去吧。

虫鸣声藏起来了。桂香藏起来了。偶有一两片树叶飘落,声音便格外的响,嘎嚓,嘎嚓。我以为,那是树的心跳声。天与地,都安静下来,撤除防御,卸下武装,裸露着一颗心,让月光晾晒。人在这样的月亮天里走着,容易模糊了时间,模糊了地域,模糊了生死界限。岁月无垠,有亘古况味的感觉。

有时,安静的力量,要远远大于喧哗。

月亮似硕大的花朵,开在天上。你说是朵白莲,像。说是朵白菊花,像。我要说,它更像一朵白牡丹,富贵雍容得不行。也只有这个时候的月亮,才当得起这"雍容"二字吧。月白风清,也说的是这样的时刻吧?

清代德隐说:"对此怀素心,千里共明月。"我很喜欢他说

这样的月亮天，我们在屋里铁定是待不住的。出门去，游戏多着呢，弹玉球，跳房子……

的这个"素心"。经月光的洗濯，再染尘的心，怕也会明净起来的吧。那怀着素心之人，一个一个，在月下重逢了。"晨兴理荒秽，戴月荷锄归"，那是归隐田园的陶渊明；"我歌月徘徊，我舞影零乱"，那是洒脱狂放的李白；"从今若许闲乘月，拄杖无时夜叩门"，那是奢望和平安宁的陆游；吕洞宾也来了，他带着一个小牧童而来，"归来饱饭黄昏后，不脱蓑衣卧月明"。月光为毯、为被，那小牧童酣睡的样子，实在动人。

我的童年，便也跟着奔跑而来。这样的月亮天，我们在屋里铁定是待不住的。出门去，游戏多着呢，弹玉球，拍火花，跳房子，踢毽子，跳绳。或用长棉线扯着一片破塑料纸，沿着田间小路，呼呼地往前冲。想象着自己是举着一面旌旗呢，正率领着千军万马。

大人们闹不懂我们为什么这么"疯"，总要责骂，大半夜的，还不睡觉，魂丢外面去啦！他们说对了，我们的确把魂丢在外面了，丢在那片月色里了。我们总要玩到月亮西沉，才回到屋内去睡。一时三刻却睡不着，眼睛睁得大大的，看着窗外的月亮天，瞎兴奋。哦，这样的月亮天，能不叫人快乐嘛！

我在路边亭子里的石凳上坐下来。有凉意穿透衣衫，直抵我的肌肤。但也只是一小会儿，我的体温，就让石凳变暖和了。——只要你捧出足够的温度，纵使石头，也会被焐暖。人与人的关系，人与物的关系，莫不如是。

难得碰见孩子了。现在的孩子，都被关在密封的房子里，少了在月下追逐的野趣。他们怕是连月亮长什么样，也不大说得清的。一对散步的老夫妇，并排走着，喁喁地说着话，从我身边走过去。他们的发上、肩上，落满白花瓣一般的月光。我微笑着，目送他们，直到他们彻底与一片月色，融合到一起。

名师赏析

　　作者围绕"月亮天"，引发了对四季轮回、生命形态、诗词故事、童年游戏、人际关系的思考。语言优美，脉络清晰，流露出作者对自然万物、岁月静好的爱恋与赞美。不局限于自然风景，还有社会图景，诗词远景。童年点滴，故乡情怀，让读者思绪沉浸在一片月色中。

　　阅读时，可重点品味和学习本文的修辞手法：

　　比喻新鲜。"一两颗星子，是水里面游着的小鱼，轻盈又活泼。""月亮似硕大的花朵，开在天上，像白莲，像白菊花，像白牡丹，月白风清。"

　　拟人也恰到好处。"偶有一两片树叶飘落，声音便格外地响，那是树的心跳声。"

　　诗词引用极为灵活。德隐的素心，陶渊明的归隐田园，李白的洒脱狂放，陆游对和平安宁的奢望，吕洞宾带着牧童而来的随性自在……诗词里的故事片段，深化了作品的意境。

第二辑

温情 陪伴

有一种爱叫相依为命

有人做实验,把一匹狼和一只刚出生的小羊放到一起养。所有人都不看好小羊的命运,觉得狼迟早会吃掉小羊。但结果却是,狼非但没有吃掉小羊,反而成了小羊最亲密的朋友。它们一起玩耍、一起嬉戏,形影不离。

实验结束后,工作人员把小羊牵走,这时,出现了感人的一幕:狼奋力扑到铁丝网上,对着铁丝网外的小羊长嗷不已,声音凄厉至极。小羊听到狼的叫唤,奋力挣脱绳索,反扑过来,哀哀应着。生离死别般的。

原来,狼和羊也是可以相爱的啊,它们彼此的孤寂相互吸引,在日子的累积之下,衍生出同病相怜风雨同舟的情感来。

狼和小羊的故事,让我想起我的祖父祖母。我的祖母身材修长,皮肤白皙,年轻时是出了名的美人,而我的祖父,个头矮小,皮肤黝黑,还罗圈腿。他们两个怎么看也不像般配的一对。我曾追问过祖母怎么会嫁给祖父。祖母笑着说,那个时候女人嫁人之前,根本就不知道自己要嫁的男人是什么样的,全凭父母做主,嫁鸡随鸡,嫁狗随狗。

在这种认定命运安排的前提下,我的祖父祖母过起了家常的日子,一路相伴着走下来,一生生育七个子女,都养大成人。

老了的两个人,像两只老猫似的,相偎着坐在屋前晒太阳。偶尔,祖父出外转转,祖母转眼见不到祖父,会着急地到处询问:老头子呢?老头子哪去了?

祖母八十二岁那年,生病住院开刀。家里人怕祖父担心,瞒他说祖母是小病,在医院住两天就可以回家了,不让他去医院探望。祖父嘴上答应了,背地里却一个人骑了自行车,赶了三十多里的路,摸到医院去看望祖母。祖母仿佛有感应似的,忽然对我们说,老头子来了。大家不信,到门外去看,果真看到祖父正喘着粗气,颤巍巍地站在门外。

还听过这样一个故事:二十世纪六十年代,某大学教授被下放到边远山村,在那里吃尽苦头。幸好有一当地姑娘很照顾他,让他在阴霾里,看到阳光,他和姑娘结了婚。后落实政策,教授返城,才华出众的他,身边一下子簇满了众多优秀的女人,个个都是熠熠复熠熠的。有人劝教授,离了乡下的那个,重找一个相配的吧。教授拒绝了,他说,我已习惯了生活中有她。他坚持把大字不识一个的妻子,从乡下接到城里来,和她同进同出。

这世上,有一种最为凝重、最为深厚、最为坚固的情感,叫相依为命。它与幸福离得最近,且不会轻易破碎。因为,那是天长日久里的渗透,是融入彼此生命中的温暖。

名师赏析

　　本文围绕标题这个中心，讲述了三个故事：一匹狼和一只羊的故事，祖父祖母相互陪伴有感应的故事，某大学教授对乡下原配不离不弃的故事。

　　人也好，动物也罢，都可以日久生情，相依为命的。也许在外人看来，不可思议的两个人，却在冥冥之中，有了一份相伴相守的依恋，而且是无可替代的。

　　作品叙议结合，高度赞扬了这种风雨同舟的情感，最凝重、最深厚、最紧固，与幸福离得最近，是天长日久的渗透，是彼此生命中的温暖。陪伴是最长情的表白。

　　写作，就要学会讲故事。不用大肆渲染，不用刻意雕琢，只需还原故事原貌，就已经会让人感动了。作者从动物的本性写到人类的特性，既有实验结果，也有现实生活，既有听到的故事，也有身边熟悉的人物，使文章主题更真实更有力。

奔跑的小狮子

她常回忆起八岁以前的日子：风吹得轻轻的，花开得漫漫的，天蓝得像大海。妈妈给她梳漂亮的小辫子，辫梢上扎蝴蝶结，大红、粉紫、鹅黄。给她穿漂亮的裙，带她去动物园，看猴子爬树，给鸟喂食。妈妈给她讲童话故事，讲公主一睁开眼睛，就看到王子了。她问妈妈，我也是公主吗？妈妈答，是的，你是妈妈的小公主。

可是有一天，她睁开眼睛，一切全变了样。妈妈一脸严肃地对她说，从现在开始，你是大孩子了，要学着做事。妈妈给她端来一个小脸盆，脸盆里泡着她换下来的衣裳。妈妈说，自己的衣裳以后要自己洗。

正是大冬天，水冰凉彻骨，她瑟缩着小手，不肯伸到水里。妈妈在一边，毫不留情地把她的小手，按到水里面。

妈妈也不再给她梳漂亮的小辫子了，而是让她自己胡乱地用皮筋扎成一束，蓬松着。她去学校，别的小朋友都笑她，叫她小刺猬。她回家对妈妈哭，妈妈只淡淡说了一句，慢慢就会梳好了。

她不再有金色童年。所有的空余，都被妈妈逼着做事，洗衣、扫地、做饭，甚至去买菜。第一次去买菜，她攥着妈妈给的钱，胆怯地站在菜市场门口。她看到别的孩子，牵着妈妈的手，一蹦一跳地走过，那么的快乐。她小小的心，在那一刻，涨满疼痛。她想，我肯定不是妈妈亲生的。

她回去问妈妈，妈妈没有说是，也没有说不是。只是埋头挑拣着她买回来的菜，说，买黄瓜，要买有刺的，有刺的才新鲜，明白吗？

她流着泪点头，第一次懂得了悲凉的滋味。她心里对自己说，我要快快长大，长大了去找亲妈妈。

几个月的时间，她学会了烧饭、炒菜、洗衣裳；她也学会，一分钱一分钱地算账，能辨认出，哪些蔬菜不新鲜；她还学会，钉纽扣。

一天，妈妈对她说，妈妈要出趟远门。妈妈说这话时，表情淡淡的。她点了一下头，转身跑开。等她放学回家，果然不见了妈妈。她自己给自己梳漂亮的小辫子，自己做饭给自己吃，日子一如寻常。偶尔，她也会想一想妈妈，只觉得，很遥远。

再后来的一天，妈妈成了照片上的一个人。大家告诉她，妈妈得病死了。她听了，木木的，并不觉得特别难过。

半年后，父亲再娶。继母对她不好，几乎不怎么过问她的事。这对她影响不大，基本的生存本领，她早已学会，她自己把自己打理得很好。如岩缝中的一棵小草，一路顽强地长大。

她是在看电视里的《动物世界》时，流下热泪的。那个时候，她已嫁得好夫婿，在日子里安稳。《动物世界》中，一头母狮子拼命踢咬一头小狮子，直到它奔跑起来为止。她就在那会儿，想起妈妈，当年，妈妈重病在身，不得不硬起心肠对她，原是要让她，迅速成为一头奔跑的小狮子，好让她在漫漫人生路上，能够很好地活下来。

名师赏析

标题巧设悬念，结尾处用《动物世界》中小狮子的故事揭开谜底，深化主旨，让读者恍然大悟，若有所思。一事一理，借事寓理，人与动物相互映衬，揭示了自然界的生存法则。

可带着一个主问题去阅读，理解文意：主人公是母亲还是女儿？

她俩的分量都很重。母女相互关联和影响，有着彼此衬托的作用。

从写作目的角度，这位看似无情却有情的教子有方的母亲是主角。妈妈的态度看似冷漠，但她多么睿智，在短时间内，让女儿学会照顾自己，提高生活能力。

从写作篇幅角度，对女儿着墨较多，其品质比较突出，具有启迪意义，也是作者重点刻画的对象。曾经享受公主待遇的女儿，接受了母亲毫不留情的训练，当她如小狮子一样奔跑起来的时候，迅速蜕变，也具有了独立生存和拥有终生幸福的能力。

父亲的菜园子

父亲在电话里给我描绘他的菜园子：菠菜，大蒜，韭菜，萝卜，大白菜，芫荽，莴苣……里面什么都长了，你爱吃的瓜果蔬菜有的是，你就等着吃吧。

我的眼前，便浮现出这样的菜园子：里面的青翠缠绵成一片，深绿配浅绿，吸纳着阳光雨露。实在美好。

继而我又有些怀疑了，父亲虽是农民，但他使的是粗活，挑活挖地，他很在行。而种瓜果蔬菜，是精致活，像绣花一样的，得心细才行。这一些，几十年来，都是母亲做的，父亲根本不会。

我的疑虑还未说出口，父亲就在那头得意地说，种菜有什么难的？我一学就会了。我知道你喜欢吃这些呢，所以辟了很大的一个菜园子。

自从母亲的类风湿日益严重后，父亲学会了做很多事，譬如煮饭和洗衣。想到年近七十的老父亲，在锅台上笨拙的样子，我的眼睛，就忍不住发酸。父亲却呵呵乐，说，等你回来，我到菜园子里挑了菜，炒给你吃，保管你喜欢的。

父亲的菜园子，在父亲的描绘中，日益蓬勃起来。他说，青椒多得吃不掉了，扁豆结得到处都是，黄瓜又打了许多花苞苞，萝卜马上能吃了……我家的餐桌上，便常常新鲜蔬菜不断，碧绿碧绿的。有的是父亲亲自送来的，有的是父亲托人带来的。父亲说，市场上的蔬菜农药太多，你们少买了吃，还是吃家里带的好。

有时，父亲带来的蔬菜太多，我吃不掉，会分赠给左右邻居。即便这样，父亲仍在电话里问，够不够吃？不够，我菜园子里多着呢。仿佛他那儿有一口井，可以源源不断地喷出清泉来。

便想象父亲的菜园子，里面的瓜果蔬菜，长势喜人，是一畦一畦的活泼呢。

偶然得了机会，我回家，第一件事，就是直奔父亲的菜园子。母亲坐在院门口笑，母亲说，你爸哪里有什么菜园子啊，学了大半年，他才学会种青菜。这人笨呢。

我疑惑，那，爸送我的那些蔬菜哪里来的？

母亲说，是你爸帮工帮来的。我不能种菜了，他又不会种，怕你没菜吃，他就去邻居家帮工，人家就送他一些现长的瓜果蔬菜。

怔住。回头，瞥见父亲正站在不远处，不好意思地冲我笑，他因他的"谎言"被揭穿而羞赧。嘴上却不肯服输，招手叫我过去，说，你别听你妈瞎说，我不只会种青菜的，我还学会种芫荽。

他领我去屋后，那里，新辟了一块地，地里面，一些嫩绿的小芽儿，已冒出泥土来，正探头探脑着。父亲指着那些芽儿告诉我，这是青菜，那是芫荽。还种了一些豌豆呢。你看，长得多好。

这里，很快会成一片菜园子，你下次回家来看，肯定就不一样了，父亲说。父亲的脸上，有骄傲，有向往，有疼爱。

我点头。我说到时记得给我送点青菜，还有芫荽，还有豌豆。我喜欢吃。

名师赏析

本文运用虚实结合的手法构思，独具匠心。事件真实可信，感情真挚动人。

开篇虚写。父亲在电话里描绘他的菜园子，让我在脑中浮想菜园子的模样：青翠缠绵。

第六段再虚写。在父亲的描绘中，我想象父亲日益蓬勃的菜园：瓜果蔬菜，长势喜人。

这些都是父亲的"描绘"，也可以说是父亲的"谎言"，是"虚写"。

真实的情况，作者在文中适时作了交代。是"实写"。如父亲在行的是粗活，不会种菜；父亲学会了煮饭和洗衣很多事；父亲帮工换来一些瓜果蔬菜送给我；领着我去看屋后新辟的一块地里长出的小芽……

全篇事件详略结合，主次分明。以"父亲的菜园子"为主线，同时还学会了家务，完整地刻画了这位年近七十的老人，为了照顾女儿喜好，陪伴生病的老伴，默默努力的形象……

母亲的心

那不过是一堆自家晒的霉干菜、自家风干的香肠，还有地里长的花生和蚕豆、晒干的萝卜丝和红薯片……

她努力把这些东西搬放到邮局柜台上，一边小心翼翼地询问，寄这些到国外，要几天才能收到？

这是六月天，外面太阳炎炎，听得见暑气在风中"滋滋"升腾的声音。她赶了不少路，额上的皱纹里，渗着密密的汗珠，皮肤黝黑里泛出一层红来。像新翻开的泥土，质朴着。

这天，到邮局办事的人，特别多。寄快件的，寄包裹的，寄挂号的，一片繁忙。她的问话，很快被淹在一片嘈杂里。她并不气馁，过一会儿便小心地问上一句，寄这些到国外，要多少天才收到？

当她得知最快的是航空邮寄，三五天就能收到，但邮寄费用贵。她站着想了会儿，而后决定，航空邮寄。有好心的人，看看她寄的东西，说，你划不来的，你寄的这些东西，不值钱，你的邮费，能买好几大堆这样的东西呢。

她冲说话的人笑，说，我儿在国外，想吃呢。

却被告知，花生、蚕豆之类的，不可以国际邮寄。她当即愣在那儿，手足无措。她先是请求邮局的工作人员通融一下。

就寄这一回,她说。邮局的工作人员跟她解释,不是我们不通融啊,是有规定啊,国际包裹中,这些属违禁品。

她"哦"了声,一下子没了主张,站在那儿,眼望着她那堆土产品出神,低声喃喃,我儿喜欢吃呢,这可怎么办?

有人建议她,给他寄钱去,让他买别的东西吃。又或者,他那边有花生蚕豆卖也说不定。

她笑笑,摇头。突然想起什么来,问邮局的工作人员,花生糖可以寄吗?里边答,这个倒可以,只要包装好了。她兴奋起来,那么,五香蚕豆也可以寄了?我会包装得好好的,不会坏掉的。里边的人显然没碰到过寄五香蚕豆的,他们想一想,模糊着答,真空包装的,应该可以吧。

这样的答复,很是鼓舞她,她连声说谢谢,仿佛别人帮了她很大的忙。她把摊在柜台上的东西,一一收拾好,重新装到蛇皮袋里,背在肩上。她有些歉疚地冲柜台里的人点头,麻烦你们了,我今天不寄了,等我回家做好花生糖和五香蚕豆,明天再来寄。

她走了,笑着。烈日照在她身上,蛇皮袋扛在她肩上。大街上,人来人往,没有人会留意到,那儿,正走着一个普通的母亲,她用肩扛着,一颗做母亲的心。

名师赏析

全文巧妙设置活动场景"邮局柜台前",以小见大,叙述母亲给远在国外的儿子邮寄土特产的事件经过。体现了母亲强烈、执着、无私的感情，表达了爱子情切的主题。

本文综合运用多种细节描写方法：

外貌和神态细节描写，表现母亲的艰辛。如：小心翼翼地询问；额上的皱纹，密密的汗珠，皮肤黝黑泛出一层红来；眼望着她那堆土产品出神，低声喃喃；歉疚地冲柜台里的人点头……

围绕"怎么寄""能不能寄""划不划算"等问题展开语言描写，简练精妙；

文中三次反复写母亲的"笑"，表现母亲的温柔、朴实、善良：她冲说话的人笑；她笑笑，摇头；她走了，笑着……

动词运用也很精准，如摊、收拾、装、扛……

作品在开头和结尾处，均描写了六月炎热的天气环境，对烘托人物起到了极好的作用。

幸福的石榴

傍晚下班,天突然下起雨来。秋天的雨,一下起来就没完没了。我站在雨里打车,车极难打,从我跟前过去了一辆接一辆,里面全载着人。

好不容易等到一辆空车驶过来,我几乎一路小跑着冲过去。司机摇下车窗,一张中年男人的脸探出来,看着我,问,去哪里?我说了地址。他为难起来,说,不顺道啊。我急了,我说我给双倍的钱。他还在为难,说,不是钱不钱的问题。但看我被雨淋着,他似乎动了恻隐的心,打开车门,让我上了车。

我甫一坐稳,就有些歉疚地问他,你要接人?

他笑笑摇摇头,啊,不,我是要收工回家。你要去的地方,与我家的方向刚好相反,我送你的话,来回得开很长的路呢。

我纳闷了,你每天都是这么早就收工吗?这下雨天,生意多好啊。

是啊,一到下雨天,我们多赚个几百块不成问题的。但我今天答应了我老婆和女儿,一定赶在六点之前回家的。

今天是我女儿生日,五岁生日。我女儿已经五岁啰,他告诉我。粗线条的五官,变得柔软起来。他开始滔滔不绝地跟我说起他的女儿,五岁的小人,会唱好多儿歌,会背好多首唐诗,还会画画儿。还会跟他甜言蜜语，说长大了要赚钱给他用。

呵呵，他笑。浑身洋溢着那种叫幸福的东西。

也只是寻常之家，老婆在一家玩具厂打工，手巧，家里的零碎，都拾掇成女儿的玩具了。这让他很是自豪。我女儿的玩具，从来不用花钱买，他说。老婆又做得一手好饭菜，每天不管他多晚回家，总有一桌热热的饭菜在等着他。

你说人这一生求个啥呀，不就是求个温暖相守嘛。他的话，让我心头微微发热。

也有过坎坷与磨难，儿子都长到十岁了，一次车祸，却要了儿子的命。他和老婆两个人，沉沦了两年多。那段日子，他们啥事也做不成，光顾着痛苦了。后来他想，一辈子还长，不能总活在阴影里，那太亏了，失去的已失去了，再伤心也挽回不了，还不如收起伤心，重新来过。

不久，他们有了小女儿，一个家，又完整了。

就现在这样，我已经很满足了，他说。

车子这时驶过一个广场。广场边上，一溜排开的雨棚下，摆着水果摊。他突然摇下车窗，看了看，回头问我，我可以停一下车吗？我想下去买点水果。

我说当然可以。他很高兴地谢了我，下车去了。不一会儿，他举着两个胖乎乎的石榴回来，笑着问我，你见过这么大的石榴吗？

两只石榴，像两个笑哈哈的胖娃娃，真的是又大又可爱。我表示了惊奇。他很开心，把两只石榴小心地搁车座旁，说，我也是第一次看见这么大的石榴呢，我老婆和女儿见到了，一定欢喜。

我笑了。我仿佛看到这样一幅和美图：橘色的灯光。热热的饭菜。两只胖乎乎的石榴。围桌而坐的三张笑脸，花朵一样盛开着。一个家不大富，亦不大贵，可是，安乐、温馨、祥和。

后来，我经常会想起那样的画面，想起那两只幸福的石榴。很多寻常的日子，也就有了不一样的温度。

名师赏析

标题，移情于物。将司机一家的幸福，说成是"石榴的幸福"。别出心裁，扣人心弦。一个普通的三口之家，收入一般，还经历过劫难重生。但现在正拥有幸福，丈夫尽职尽责，妻子勤劳能干，女儿聪明可爱，一家温暖相守。

情节，一波三折。司机不因雨天生意好可以多赚钱仍坚守约定准时回家；担心"我"被雨淋而搭载；下雨天还不忘在水果店买两个胖乎乎的石榴给妻女……情节丰富而饱满。

构思，运用巧合。偶遇空车；司机女儿过生日；停车去水果摊……使全文结构自然紧凑。

结尾，托物寓意。作者把美好的情感与祝愿，与具有美好意象特征的石榴搭配起来，让寻常的日子，变得与众不同。司机的生活态度——懂得知足、珍惜、欣赏，让人备受鼓舞；如同他选择的两只石榴一样，让人顿生爱意。

吊在井桶里的苹果

有一句话讲，女儿是父亲前世的情人。说的是做女儿的，特别亲父亲。而做父亲的，特别疼女儿。那讲的应该是女儿家小时候的事。

我小时候，也亲父亲。不但亲，还瞎崇拜，把父亲当作举世无双的英雄一样崇拜着。那个时候的口头禅是，我爸怎样怎样。因拥有了那个爸，仿佛就拥有了全世界。

母亲还曾嫉妒过我对父亲的那种亲。有一件事我印象深刻，那天，下雨，一家人坐着。父亲在修整二胡，母亲在纳鞋底，一家人闲闲地说着话，就聊到我长大后的事。母亲问，你以后长大了、有钱了，买好东西给谁吃？我几乎不假思索脱口而出，给爸吃。母亲又问，那妈妈呢？我指着在一旁玩耍的小弟弟对母亲说，让弟弟给你买去。哪知小弟弟是跟着我走的，也嚷着说要买给父亲吃。母亲的脸就挂不住了，叨叨地说些气话，继而竟抹起泪来，说白养了我这个女儿。父亲在一边讪讪笑，说小孩子懂个啥。语气里，却透着说不出的得意。

待得我真的长大了，却与父亲疏远了去。每次回家，跟母亲有唠不完的家长里短，一些私密的话，也只愿跟母亲说。跟父亲，三言两语就冷了场。他不善于表达，我也不耐烦去问，有什么事情，问问母亲就可以了。

也有礼物带回，却少有父亲的。都是买给母亲的，好看的衣裳、鞋袜和首饰。感觉上，父亲是不要装扮的，成天一身灰色或白色的衬衫，蓝色的裤子。偶尔有那么一次，我的学校里开运动会，每个老师发一件白色T恤。因我极少穿T恤，就挑一件男款的，本想给家里那个人穿的，但那个人嫌大，也不喜欢那质地。回老家时，我就顺手把它塞进包里面，带给父亲。

我永远忘不了父亲接衣时的惊喜，那是猝然间遭遇的意外，他脸上先是惊愕，继而拿衣的手开始颤抖，不知怎样摆弄了才好。呵呵呵傻乐半天，才平静下来，问，怎么想到给爸买衣裳的？

原来父亲一直是落寞的啊，我却忽略他太久太久。

这之后，父亲的话明显多起来。他乐呵呵的，穿着我带给他的那件T恤，在村子乱晃，给这个看，给那个看。他也三天两头打了电话给我，闲闲地说些话，在要挂电话前，好像是漫不经意地说上这么一句，你有空的话，就回家看看啊。我也就漫不经意地应上一句，好啊。却未曾真的实施过。

暑假快到了，我又接到父亲的电话，父亲在电话里很兴奋地说，家里的苹果树结很多苹果了，你最喜欢吃苹果的，回家吃吧，保你吃个够。我当时正接了一批杂志约稿在手上写，心不在焉地回他，好啊，有空我会回去的。父亲"哦"一声，兴奋的语调立即低了下去，父亲说，那，你记得早点回来啊。我"嗯啊"地答应着，把电话挂了。

一晃半个月过去了，我完全忘了答应父亲回家的事。深夜，姐姐突然有电话至，闲聊两句，姐姐忽然问，爸说你回家的，你怎么一直没回来？我问，家里有什么事吗？姐姐说，也没什么事，就是爸一直在等你回家吃苹果的。

我在电话里就笑了，我说爸也真是的，街上不是有苹果卖吗？一箱苹果也不过几十块。姐姐说，那不一样，爸特地挑了几十个大苹果，留给你，怕坏掉，就用井桶吊着，天天放井里面给凉着呢。

心被什么猛地撞击了一把，我只重复地说，爸也真是的，爸也真是的。就再也说不出其他的话来。一个夜，都因那吊在井桶里的苹果，而变得湿润了起来。

名师赏析

散文形散而神聚。本文围绕父女情深的主题，运用对比和衬托的手法叙述事件。

表现父亲对女儿的爱，文章有多处细节：父亲接到女儿送的白色T恤时的惊喜惊愕，傻乐半天，穿着给村子里的人看；三天两头地打电话闲聊并希望"我"回家看看。特地挑了几十个大苹果吊在井桶里凉着保鲜……

表现女儿对父亲的爱，文章也有提及：小时候跟父亲亲近，把父亲当英雄一样崇拜，承诺买好东西给父亲，后来将运动会发的白色T恤送给父亲。

父女之间对彼此的爱的方式，形成了鲜明对比。

文章还运用了衬托手法，深化文章主旨："我"对父亲的偏爱曾经让母亲嫉妒，"我"与母亲有唠不完的家长里短，姐姐打电话询问并提醒"我"早点回家……这些真实的生活场景，温馨的亲情片段，对表现父爱有着映衬作用，不容忽视。

爱，是等不得的

他是母亲一手带大的。

他的母亲与别人的母亲不太一样。他的母亲因患侏儒症，身材异常矮小。

他的父亲——一个老实巴交的泥瓦匠，家徒四壁，等到40岁才娶了他母亲。一年后，他出生了，白白胖胖，像一轮满月，把父母卑微的心，照得亮堂堂的。父母的日子，因他的到来，有了奔头。

他6岁那年，父亲去帮邻居家盖房，从房梁上摔下来，掉下的一根横梁，刚好砸到父亲身上。那时，他正在不远处的土路上，逗着一只蟋蟀玩。从此，他没了父亲。

矮小的母亲，一个人拉扯着他，吃尽苦头。夜幕四合，母亲还未归。一大清早，母亲就背着一背篓的绣花鞋垫，去集市上卖。那些鞋垫，是母亲坐在灯下，一针一线绣的。母亲靠卖鞋垫贴补家用。他坐在门前的矮凳上数星星，等母亲。矮小的母亲是他的天。他对母亲说："等我长大了，我一定报答你。"

母亲笑了，笑出泪来，问他："怎么报答呢？"他说："我给你买一屋子的好东西吃，我给你买一屋子的好衣裳穿。"母亲把他搂到怀里，搂得紧紧的，母亲说："吃的妈不要，穿的妈也不要，等你长大了，带妈坐一回飞机吧。"

乡野广阔，狗尾巴草和车前子长满沟渠，母亲在割草。他欢快地喊："妈妈，我比你高了！"是的，他才八九岁的人，个头已超过矮小的母亲了。头顶上突然响起飞机的声音，母亲抬起头看，他也抬起头看。空中的飞机有点像他见过的花喜鹊。"花喜鹊"飞远了，看不见了，母亲这才收回目光。母亲说："这都是有本事的人坐的。有本事的人坐了飞机，到很远的地方去。"他问："很远的地方是什么样的？"母亲也没去过很远的地方，母亲就想象，"有很多很多的高楼，高楼里的桌子、椅子，都漂亮得不得了。"他郑重地向母亲承诺："以后我要做有本事的人，带你坐飞机，到很远的地方去看高楼。"

他一天天长大，一路念书，把书念到城里，真的成了有本事的人。他住进了母亲曾描绘过的高楼里，高楼里有漂亮的桌子、椅子。他也常常乘像花喜鹊一样的飞机，南来北往。母亲对他崇拜不已，母亲问："你真的坐飞机了？"他淡淡地说："嗯。""坐飞机像不像坐船，会不会晕？"母亲充满好奇。

他觉得母亲好笑。一低头，他瞥见母亲头上的白发，一撮一撮的。永远像儿童一般矮小的母亲，原来也会老的。他的心一软，说："妈，等我有空了，我带你去坐飞机。"母亲低头笑，笑得很不好意思，"不坐不坐，我都这么老了，坐飞机干什么啊？"他蹲下身子看母亲，认真地说："我一定带你去坐。"母亲没再说什么，但神情，很喜悦。

他也终于抽出空来，订好机票，打电话告诉母亲，要带她去坐飞机。母亲激动得逢人便告："我儿要带我去坐飞机了。"她还特地扯了布，做了一身新衣裳。

他回去接母亲，半路上突然接到上司的电话。上司说公司来了一个重要客户，问他是否有空陪着一起吃饭。他只犹豫了几秒钟，就回："没问题。"他想，飞机票可以重签，母亲晚一天出行也无妨。

然而这天晚上，母亲却意外摔倒了。摔倒之后，母亲还神志清醒，跟一旁的人说："我儿要带我去坐飞机呢。"可渐渐地，就不行了。第二天凌晨，母亲没等到他赶到，就咽下最后一口气。

他跪到母亲跟前，恸哭不已。只不过一日之隔，他的爱，就再也送不出去了。

名师赏析

俗话说，无巧不成书。父亲在他六岁时被砸倒丧生，母亲在准备坐飞机的前一天意外摔倒……父母走了，只留一份永远无法偿还的恩情。正好紧扣了标题《爱，是等不得的》，表现了应该及时尽孝的主题。

文中五次写"矮小的母亲"，意味深长。母亲因患侏儒症而异常矮小，她独自撑起家庭重担，养育孩子成才，与她的身高形成强烈反差，母亲形象显得更为高大。

文中十四次出现"飞机"一词，几乎贯穿文章的主体部分，缩短了人物的成长历程，拉长了感恩的时间界限。"飞机"是儿时的理想，是母亲的期盼，是母子的约定……也成了他永远的遗憾。这正是作者构思的匠心所在。

全文运用巧合、反复的手法，表达了痛彻心扉、后悔莫及的感情，读来令人唏嘘不已。虽然情节的时间跨度很大，但显得极其自然紧凑。

爱的标准

他和她，真的是吵了一辈子。每次吵起来，他都两眼通红，像头暴怒的狮子。而她，则低了头啜泣，像只小绵羊。他们育有一儿一女，孩子还小的时候，每当他们吵起来，两个小人儿，都吓得躲在房内瑟瑟发抖，从小在心里，是同情母亲而不喜欢父亲的。

磕磕绊绊的日子，却相持着走了下来。一儿一女渐渐长大成人，且都有出息了，一个北上北京，一个南下深圳，分别在两个繁华的都市安了家。

他们却还是吵，为着一点小事，就吵得不可开交。每次吵起来，他依然是头暴怒的狮子，而她，还是只温顺的小绵羊。一儿一女看不下去了，觉得母亲跟了父亲，是受了一辈子的委屈的，应该让她有个幸福宁静的晚年。

于是，在北京的女儿提出，孩子小没人照应，找保姆带又不放心，要母亲过去帮她带孩子。在深圳的儿子提出，他整天忙于打理生意，偌大的房子，没个人照应，是不行的，要父亲过去帮他看房子。

她和他，便一北一南地分开了。

女儿很孝顺，买许多新衣裳给她穿，买许多好吃的给她吃。闲了，还带她满北京城逛着玩。带她去看天安门，去看故宫。她在电话里告诉他，她看到皇帝坐的龙椅啦。

儿子也孝顺，除了让他吃好穿好外，怕他寂寞，还帮他入了当地的老年人协会。老人们常聚一起娱乐，吹吹拉拉弹弹唱唱的。他在电话里告诉她，他都学会唱京剧了。

但这样的兴奋也不过持续了半个月之久。先是她病了，四肢无力，提不起劲来。女儿送她进北京最好的医院检查，却查不出什么病来。继而，他也病了，失眠。儿子带他到深圳各大医院看过，但都不见效。

他知道她生病了，在电话里咆哮，你怎么搞的？怎么不注意自己？声音凶巴巴的，仿佛她若在跟前，他一定会生吞活剥了她。

她听了，泪流不止。

女儿就怪罪做父亲的，说，爸，妈都生病了，你还这么气她。她却喃喃对女儿说，你不懂你爸。

儿子也埋怨父亲，说，爸，你就管好你自己吧，妈在北京，自有妹妹照应的。他瞪了儿子一眼，说，你根本不懂你妈。

她的病继续在加重，后竟发展到茶饭不思的地步。

他的失眠也与日俱重，后竟发展到夜夜难寐。

女儿束手无策，俯了她耳边问，妈，你现在最想做的事是什么？她想也没想，就说，想见你爸。

儿子急得团团转，问他，爸，你夜里睡不着的时候，到底在想什么？他想也没想，就说，想跟你妈再吵吵架。

无奈，女儿送她回，儿子送他回。他们在老家相聚了。才一见面，他就对她嚷开了，老太婆，你瞧你现在老得像个什么样！她听了，笑了，笑着笑着，有泪流下。

他们留在了老家，外面再多的锦衣玉食，他们也不肯再去了的。他们对一儿一女说，谢谢你们的孝心，你们就让我们这两把老骨头，留在老家吧。

这以后，他和她，也还是吵，她却不再茶饭不思，他也不再失眠，他们活得很快乐。

有时，真的不能用一种爱的标准去衡量另一种爱。有的爱，你不是当事人，你根本就不能懂得。

名师赏析

爱的标准，在儿女眼里，是锦衣玉食、各得其所；在父母眼里，是吵不开骂不散的陪伴和理解。要用一种客观理性的眼光，看待生活中的人和事，不以主观臆断下结论。

本文运用了伏笔照应。"他和她，真的是吵了一辈子。"为全文埋下伏笔，后面多次与之相照应：孩子小的时候在家吵，跟着儿子分居南北两座城市在电话里吵，最后留守老家相聚仍旧吵……使文章结构自然紧凑。

还运用了抑扬、对比手法，开篇先"抑"，他像暴怒的狮子，她像温顺的绵羊，同时形成鲜明对比；紧接着写到儿女的成才和孝顺，让他们分别在深圳和北京，过上晚年的幸福生活，是"扬"；半个月之后，两人分别生病、失眠，电话里争吵、责怪，再"抑"；最后两老留在了老家，活得很快乐，再"扬"。文章一波三折，跌宕起伏。

第三辑

感恩 感动

掌心化雪

那个时候,她家里真穷,父亲因病离世,母亲下岗,一个家,风雨飘摇。

大冬天里,雪花飘得紧密。她很想要一件暖和的羽绒服,把自己裹在里面。可是看看母亲愁苦的脸,她把这个欲望压进肚子里。她穿着已洗得单薄的旧棉衣去上学,一路上冻得瑟瑟。她想起安徒生的童话《卖火柴的小女孩》,她想,若是她也有一把可供燃烧的火柴,该多好啊。——她实在太冷了。

拐过校园那棵粗大的梧桐树,一树银花,映着一个琼楼玉宇的世界。她呆呆站着看,世界是美好的,寒冷却钻肌入骨。突然,年轻的语文老师迎面而来,看到她,微微一愣,问:"这么冷的天,你怎么穿得这么少?瞧,你的嘴唇,都冻得发紫了。"

她慌张地答:"不冷。"转身落荒而逃,逃离的身影,歪歪扭扭。她是个自尊的孩子,她实在怕人窥见她衣服背后的贫穷。

语文课,她拿出课本来,准备做笔记。语文老师突然宣布:"这节课我们来个景物描写竞赛,就写外面的雪。有丰厚的奖品等着你们哦。"

教室里炸了锅,同学们兴奋得叽叽喳喳,奖品刺激着大家的神经,私下猜测,会是什么呢?

很快，同学们都写好了，每个人都穷尽自己的好词好语。她也写了，却写得索然，她写道："雪是美的，也是冷的。"她没想过得奖，她认为那是很遥远的事，因为她的成绩一直不引人注目。加上家境贫寒，她有多自尊，就有多自卑，她把自己封闭成孤立的世界。

改天，作文发下来，她意外地看到，语文老师在她的作文后面批了一句话："雪在掌心，会悄悄融化成暖暖的水的。"这话带着温度，让她为之一暖。令她更为惊讶的是，竞赛中，她竟得了一等奖。一等奖仅仅一个，后面有两个二等奖、三个三等奖。

奖品搬上讲台，一等奖的奖品是漂亮的帽子和围巾，还有一双厚厚的棉手套。二等奖的奖品是围巾，三等奖的奖品是手套。

在热烈的掌声中，她绯红着脸，从语文老师手里领取了她的奖品。她觉得心中某个角落的雪，静悄悄地融了，湿润润的，暖了心。那个冬天，她戴着那顶帽子，裹着那条大围巾，戴着那副棉手套，严寒再也没有侵袭过她。她安然地度过了一个冬天，一直到春暖花开。

后来，她读大学了，她毕业工作了。她有了足够的钱，可以宽裕地享受生活。朋友们邀她去旅游，她不去，却一次一次往福利院跑，带了礼物去。她不像别的人，到了那里，把礼物丢下就完事，而是把孩子们召集起来，温柔地对孩子们说："来，宝贝们，我们来做个游戏。"

她的游戏，花样百出，有时猜谜语，有时背唐诗，有时算算术，有时捉迷藏。在游戏中胜出的孩子，会得到她的奖品——衣服、鞋子、书本等,都是孩子们正需要的。她让他们感到,那不是施舍,而是他们应得的奖励。温暖便如掌心化雪,悄悄融入孩子们卑微的心灵。

名师赏析

标题《掌心化雪》,一语双关。既指老师用悄无声息的爱温暖了女孩冰冷的心,帮助女孩的同时又很好地保护了她的自尊心,又指爱会无声地传递。

本文的表达艺术是大笔勾勒又描摹生动:老师的一个温馨细节温暖了一个孩子的心,在穷困寒冷的岁月里,那位语文老师用写作竞赛的方式,奖励她最需要也最渴望的帽子与围巾,而且是唯一的一等奖,让这个不引人注目的学生的人生从此改变。

作者运用留白的笔法,跳跃式地写到这个昔日的穷孩子,也成了一位充满爱心的人,可见立意之妙。成年后的她,用同样的奖励方式,去帮助和激励福利院的孩子。

雪,作为环境描写,表达言简意丰:"雪是美的,也是冷的""温暖便如掌心化雪,悄悄融入孩子们卑微的心灵"……交代了活动背景,烘托了人物的美好品质。

花盆里的风信子

他一直不是个好学生，惹是生非，自由散漫，不学无术。老师们看到他就摇头，同学们也不待见他。为了让他少惹事，老师们对他说："张星，这次考试，你可以不参加。""张星，星期天补课，你可以不来。"那么，好吧，他乐得逍遥，整日里游东逛西，打发光阴。偶尔坐在教室里，也是伏在课桌上睡觉。

新来的女老师，有双美丽的大眼睛。女老师特别喜欢花草，自己掏钱包，买来很多的花草装点教室。这个窗台上搁一盆九月菊，那个窗台上放一盆吊兰，教室被她装点得像个小花园。

那天，上课铃声响过后，他才拖拖沓沓进教室，却遇见女老师一双微笑的眼。女老师手上托一个小花盆，对他说："张星，这盆花放在你旁边的窗台上，交给你管理，可以吗？"

他有些意外，一时竟愣住了。定睛看去，花盆里只一坨泥，哪里有半点花的影子。女老师看出他的疑惑，笑吟吟说："泥里面埋着花的根呢，只要你好好待它，它会很快长出叶来，开出花来。"

他接下花盆，心慢慢湿润了，第一次有种被人信任的感觉。虽然表面上，他还是一副满不在乎的样子。

他极少再东游西荡，待在教室里的时间，越来越长。他不再伏在桌上睡觉,他给那盆花松土,浇水。他的眼光,常不由自主地望向那只小花盆,心里开始充满期待。

春寒料峭的日子,那盆土里,竟冒出了嫩黄的芽。芽最初只有指甲大小,像羞怯的小虫子,探头探脑地探出泥土来。他忍不住一声惊叫:"啊,出芽了!"心里的欣喜,排山倒海。同学们簇拥过来,围在他的座位旁,和他一起观看花长芽。弱小的生命,在他们的守望中,渐渐蓬勃起来。三月的时候,葱绿的枝叶间,开出了桃红的花,一朵,再一朵。居然是一盆漂亮的风信子。

他激动地拉来女老师。女老师低头嗅花,突然微笑地问他:"张星,你知道风信子的花语是什么吗?"他茫然地摇摇头。女老师说:"风信子的花语是,只要点燃生命之火,便可同享丰盛人生。"他没有吱声,若有所思地打量着那盆花。桃红的花朵,像燃烧着的小灯笼,把他黯淡的人生,照得色彩明艳。

他开始摊开课本,认真学习。本不是个笨孩子,成绩很快上去了。老师们都有些惊讶,说:"张星啊,没看出你这小子还有两下子呀。"他羞涩地笑。坚硬的心,像窗台上的那盆风信子,慢慢地盛开了。有些疼痛,有些欢喜。做人的感觉,原来是这么的好。

后来,他毕业了。由于基础太差,他没能考上大学。但他却找到了自己的人生支点,租了一块地,专门种花草。经年之后,他成了远近闻名的花匠,培育出许多品质优良的花卉,其中,有各种各样的风信子。

名师赏析

情节环环相扣。他从一个不学无术的学生,到成为一名远近闻名的花匠,时间很长。作者详略取舍,双线推进,浓墨重彩地叙述他在女老师鼓励下管理一盆风信子且最终找到了人生支点的蜕变过程,多角度地表现主题。

意象欣欣向荣。"风信子的花语是,只要点燃生命之火,便可同享丰盛人生。"这一句话是全文核心,"风信子"这个意象特别精妙,用花的成长与美丽,映衬他的灿烂人生,进而突现女老师的智慧与爱心,一石多鸟。

对比轻轻点拨。之前被老师冷落,与这位新老师的信任鼓励表扬形成对比,他的学习与生活表现也有多处对比……

描写美美与共。描写像个小花园的教室,描写风信子栽种、发芽、开花的不同阶段的美,把桃红的花朵比喻成"燃烧的小灯笼"……形神兼备,意蕴深刻。

远方的远

男人患了肝癌,晚期。行将就木。

守在一边的小女儿,六岁,对死亡懵懵懂懂。她害怕地问男人:"爸爸,你要死了吗?"

男人伸手抚了抚小女儿的脸,笑着摇摇头:"不,爸爸是要到很远很远的地方去。"

"很远很远的地方在哪儿?"小女儿问。

男人让朋友把他和小女儿带到野外,那里,有一片原野,和低矮的山坡。春天了,草长莺飞,阳光的羽毛,轻轻飘落。一条长满小草和开满野花的小路,弯弯曲曲伸向远方。一群又一群的小粉蝶,在花草间嬉戏。远方,天与山齐。男人指着远方告诉小女儿:"那里,是远方的远,爸爸要到那儿去。爸爸的爸爸,也就是你爷爷,一个人在那儿寂寞了,想爸爸了,所以,爸爸决定去看他。等你长大了,爸爸想你了,你也会走这么远,去看爸爸的。"

"那我就坐飞机去。"小女儿说。想了想,她又说:"要不,我坐飞船去。飞船快吧爸爸?"

男人笑了,男人说:"飞船很快很快。可是宝宝,你坐上飞船,你就看不到这些漂亮的小花了。还是慢慢走过去好,你一边走，还可以一边和蝴蝶们玩呀。"

小女儿觉得这个主意不错，她甚至想好，要做个大花环带给爸爸。"只是，你会认出我吗？"小女儿不放心地问。

男人说："到那时，我就问路过的风儿，你们见过我的小女儿吗？我就问路边的小花，你们见过我的小女儿吗？它们会问我，你小女儿长什么样儿呀。我就说，哦，我小女儿有大大的眼睛，小小的嘴，长得像个小公主。她戴着一个美丽的花环，她总是甜甜地笑着，笑起来可漂亮啦。于是风儿和小花都会争着告诉我，呀，我们见过的呀。它们把我带到你身边，一指你，说，就是她呀。我就认出是你了。"

小女儿开心地笑了。

男人接着说："所以，爸爸走后，宝宝要快乐哦，要笑。不然，那些风儿，那些花儿，会不认得你。"

小女儿点头答应了，很认真地和男人勾了勾小指头。

不久，男人去了。小女儿很思念他，她在纸上画了一幅画：无边的原野，低矮的山坡，弯弯的小路。路边，开着一朵一朵小花，花瓣儿像极微笑的眼睛，一路笑向天边去了。小女儿不悲伤，她知道，那里，就是远方的远，是爸爸在的地方。有一天，他们会在那里相聚，到那时，她一定要告诉爸爸，她一直一直过得很快乐。

名师赏析

开门见山。简明扼要交代病情，为下文作铺垫。

四问四答。用六岁小女儿问的四个问题串起全文情节。"爸爸，你要死了吗？""很远很远的地方在哪儿？""我坐飞船去，飞船快吧？""你会认出我吗？"爸爸一一巧妙而耐心地回答与解说，他强忍住悲痛，只为激励女儿快乐生活，保留着他对生死坦然、乐观、从容的态度。

场面描写。文中两次描写远方原野，紧扣标题。"无边的原野，低矮的山坡，弯弯的小路，一路上，有风儿，有花儿，有沿途的美景……"既有现实场景，也有女儿绘画。前后照应，结构严谨，圆融贯通。这是父亲为女儿铺展的美好图景，也是女儿对父亲的深情思念，还有父亲对爷爷的追随，让人感动不已。

以乐写悲。善意的谎言，唯美的情节，演绎生离死别的遗憾，藏着无以言表的父爱。

风会记得一朵花的香

一

没事的时候,我喜欢伏在三楼的阳台上,往下看。

那儿,几间平房,坐西朝东,原先是某家单位作仓库用的。房很旧了,屋顶有几处破败得很,像一件破棉袄,露出里面的絮。"絮"是褐色的木片子,下雨的天,我总担心它会不会漏雨。

房子周围长了五棵紫薇。花开时节,我留意过,一树花白,两树花红,两树花紫。把几间平房,衬得水粉水粉的。常有一只野鹦鹉,在花树间跳来跳去,变换着嗓音唱歌。

房前,码着一堆的砖,不知做什么用的。砖堆上,很少有空落落的时候,上面或晒着鞋,或晾着衣物什么的。最常见的,是两双绒拖鞋,一双蓝,一双红,它们相偎在砖堆上,孵太阳。像夫,与妇。

也真的是一对夫妇住着,男的是一家公司的门卫,女的是街道清洁工。他们早出晚归,从未与我照过面,但我听见过他们的说话声,在夜晚,嗯嗯的,像虫鸣。我从夜晚的阳台上望下去,望见屋子里的灯光,和在灯光里走动的两个人影。世界美好得让人心里长出水草来。

某天,我突然发现砖堆上空着,不见了蓝的拖鞋红的拖鞋,砖堆一下子变得异常冷清与寂寥。他们外出了?还是生病了?我有些心神不宁。

重"见"他们,是在几天后的午后。我在阳台上晾衣裳,随意往楼下看了看,看到砖堆上,赫然躺着一蓝一红两双绒拖鞋,在太阳下,相偎着,仿佛它们从来不曾离开过。那一刻,我的心里腾出欢喜来:感谢天!他们还都好好地在着。

二

做宫廷桂花糕的老人,天天停在一条路边。他的背后,是一堵废弃的围墙,但这不妨碍桂花糕的香。他跟前的铁皮箱子上,叠放着五六个小蒸笼,什么时候见着,都有袅袅的香雾,在上面缠着绕着,那是蒸熟的桂花糕好闻的味道。

老人瘦小,永远一身藏青的衣,藏青的围裙。雪白的米粉,被他装进一个小小的木器具里,上面点缀桂花三两点,放进蒸笼里,不过眨眼间,一块桂花糕就成了。

停在他那儿,买了几块尝。热乎乎的甜,软乎乎的香,忍不住夸他,你做的桂花糕,真的很好吃。他笑得十分十分开心,他说,他做桂花糕,已好些年了。

我问,祖上就做么?

他答,祖上就做的。

我提出要跟他学做,他一口答应,好。

于是我笑,他笑,都不当真。却喜欢这样的对话,轻松,愉快，人与人，不疏离。

再路过，我会冲着他的桂花糕摊子笑笑，他有时会看见，有时正忙，看不见。看见了，也只当我是陌生的，回我一个浅浅的笑——来往顾客太多，他不记得我了。但我知道，我已忘不掉桂花糕的香，许多小城人，也都忘不掉。

现在，每每看到老人在那里，心里便很安然。像小时去亲戚家，拐过一个巷道，望见麻子师傅的烧饼炉，心就开始雀跃，哦，他在呢，他在呢。

麻子师傅的烧饼炉，是当年老街的一个标志。它和老街一起，成为一代人的记忆。

三

卖杂粮饼的女人，每到黄昏时，会把摊子摆到我们学校门口。两块钱的杂粮饼，现在涨到三块了，味道很好，有时我也会去买上一个。

时间久了，我们相熟了。遇到时，会微笑、点头，算作招呼。偶尔，也有简短的对话，她知道我是老师，会问一句，老师，下课了？我答应一声，问她，冷吗？她笑着回我，不冷。

我们的交往，也仅仅限于此。淡淡的，像路边随便相遇到的一段寻常。

我出去开笔会，一走半个多月。回来后，正常上班，下班，没觉得有什么不同。

女人的摊子，还摆在学校门口，上面撑起一个大雨篷，挡风的。学生们还未放学，女人便闲着，双手插在红围裙兜里，在看街景。当看到我时，女人的眼里跳出惊喜来，女人说，老师，好长时间没看到你了。

当下愣住，一个人的存在，到底对谁很重要？这世上，总有一些人记得你，就像风会记得一朵花的香。凡来尘往，莫不如此。

名师赏析

文章叙述了三个事件，字里行间都流露出生活的美好，日子虽平淡却有真情，牵动着作者的心，饱含着作者对世间的爱，对人情百态的眷顾。门卫和清洁工夫妇的两双绒拖鞋，相偎着晒太阳，会让我们感受到岁月静好。

宫廷桂花糕和烧饼炉，成为老街的标志，成为一代人的记忆。

与卖杂粮饼女人的简短对话，相遇相熟，让人心生无尽的温暖。

文中所写到的小人物，都是陌生人、平常人、普通劳动者，其生存环境，衣着打扮，言谈举止，极为平常却各有特色。

文中所写到的小事件，也是极易被忽略的琐碎细节，但正是这些平凡琐碎，带给我们温暖的记忆，让人惦念。

以小见大，平凡中见真情，闪烁着人性的光芒，从中可见作者对生活的细致探索。

老人与花

老人种了一些花，在屋角后。

老人的屋后，是一条东西横亘的小径，小区里的人，出出进进，都从那里过。

老式小区，居住简陋。小径两旁，多的是空地方，少有人管理，任由杂草什么的自由生长，这儿牵一串野葛藤，那儿趴一堆儿婆婆纳。唯有老人的屋后，四季明艳，色彩缤纷。

我每从那儿走过，眼光都会不由自主落到那些花上面。月季是天天见着的，花朵儿硕大丰腴，一株橘红，一株明黄。还有一株，乳白色的，花瓣儿如凝脂。饱食终日的模样，日日好风光。四五月份，老人的屋后，是鸢尾花的天下，蝴蝶一样的鸢尾花，扑着紫色的翅膀，在人的心中，扇动一圈一圈的温柔。到了七八月份，指甲花和太阳花，你追我赶地盛开了，占尽颜色。

现在呢？秋渐凉，树上的叶，随着晚来的风，一片一片落。懒婆娘花和一串红，却正当花样年华。它们不分彼此地缠绵在一起，粉红配大红。最是傍晚时分，懒婆娘花精神焕发地登场了，叭叭叭，一朵一朵粉色的花朵，吹吹打打，热闹无限。你站定在它旁边，仿佛就听到它的欢笑，丁丁当当。还有什么不愉快的事，值得牵肠挂肚的？你最好向一朵花学习，快乐地绽放是最重要的，其他的，都可以忽略不计。空气中，溢满懒婆娘花的香，一串红的甜，秋凉的黄昏，亲切起来温馨起来。

这个时候，老人必在。老人衣着整洁，头上灰白的发，抿得纹丝不乱。他在那些花跟前，弯下腰去，一朵一朵细细查看，眉眼里，盛着笑意。他很满意这些花如此欢欢地开，而花们，因了他的注目，更显明艳。夕阳的尾巴，拉得长长的，在老人身上，在花们身上，印下一道一道金色光芒。自然是有感知的，懂得感恩，无论是一株草，还是一朵花，你施与它关爱的恩泽，它回报你的，必是倾尽全力的蓬勃。

路过的人，会停下脚步看一会花，微笑着和老人打招呼：
"陈爹，赏花呐？"
"嗯，来看看，它们开得多好啊。"
"是陈爹你照料得好啊。"
"呵呵。"
"呵呵。"

人的声音远去了，老人还待在那些花旁边。直到夜色四合，花与暮色，融为一体。

某天，我被懒婆娘花牵了去，用手机给它们拍照。老人突然站在我身后，老人问："好看吧？"我答："嗯，好看。"老人说："知道它叫什么名字吗？"我说："懒婆娘花呗。"老人笑了："它可一点不懒，它还有个名字呢，叫胭脂花。"我被这个名字惊艳，再定睛细看，可不是么，一朵一朵粉色花朵，像胭脂涂腮旁。老人得意，背了双手，围着花转。他孩子般的明净，动人心魄。

一日，突然听人谈起这个老人，原是个退休老师，老伴早去，唯一的儿子，也在前年，病死。而他自己，因患眼疾，失明已近十年了。

名师赏析

开门见山。紧扣标题写老人种花。

巧设悬念。读罢全文，才知晓老人的不幸人生，与前文他对花的热爱形成鲜明对照，让人领悟原委，种花可以消除独居的孤单，还能增添生活的色彩。侧面表现了老人热爱生活且极富有智慧。

浓墨重彩地描写屋前屋后四季明艳、色彩缤纷的花，如：野葛藤、婆婆纳、月季、鸢尾花、指甲花、太阳花、懒婆娘花、一串红……对胭脂花进行了深入解读，名字惊艳，花色娇艳，是老人的得意之作，与老人相辉映，给人无限希望。

惜墨如金地叙写老人，简要交代居住环境，与老人打招呼时的对话也极简短。

文中运用象征，一语双关，将人与花统一起来，揭示主旨：自然是有感知的，懂得感恩，无论是一株草，还是一朵花，你施与它关爱的恩泽，它回报你的，必是倾尽全力的蓬勃。

住在自己的美好里

一只鸟，蹲在楼后的杉树上，我在水池边洗碗的时候，听见它在唱歌。我在洗衣间洗衣的时候，听见它在唱歌。我泡了一杯茶，捧在手上恍惚的时候，听见它在唱歌。它唱得欢快极了，一会儿变换一种腔调，长曲更短曲。我问他："什么鸟呢？"他探头窗外，看一眼说："野鹦鹉吧。"

春天，杉树的绿来得晚，其他植物早已绿得蓬勃，叶在风中招惹得春风醉。杉树们还是一副大睡未醒的样子，沉在自己的梦境里，光秃秃的枝丫上，春光了无痕。这只鸟才不管这些呢，它自管自地蹲在杉树上，把日子唱得一派明媚。偶有过路的鸟雀来，花喜鹊，或是小麻雀，它们都是耐不住寂寞的，叽叽喳喳一番，就又飞到更热闹的地方去了。唯独它，仿佛负了某项使命似的，守着这些杉树，不停地唱啊唱，一定要把杉树唤醒。

那些杉树，都有五六层楼房高，主干笔直地指向天空。据说当年栽植它们的，是一个学校的校长，他领了一批孩子来，把树苗一棵一棵栽下去。一年又一年，春去春又回，杉树长高了，长粗了。校长却老了，走了。这里的建筑拆掉一批，又重建一批，竟没有人碰过它们，它们完好无损地，甚或是无忧无虑地生长着。

我走过那些杉树旁，会想一想那个校长的样子。我没见过他，连照片也没有。我在心里勾画着我想象中的形象：清瘦，矍铄，戴金边眼镜，文质彬彬。过去的文人，大抵这个模样。我在碧蓝的天空下笑，在鸟的欢叫声中笑，一些人走远了，却把气息留下来，你自觉也好，不自觉也好，你会处处感觉到他的存在。

鸟从这棵杉树上，跳到那棵杉树上。楼后有老妇人，一边洗着一个咸菜坛子，一边仰了脸冲树顶说话："你叫什么叫呀，乐什么呢！"鸟不理她，继续它的欢唱。老妇人再仰头看一会，独自笑了。飒飒秋风里，我曾看见她在一架扁豆花下读书，书摊在膝上，她读得很吃力，用手指着书，一字一字往前挪，念念有声。那样的画面，安宁、静谧。夕阳无限好。

某天，突然听她的邻居在我耳边私语，说那个老妇人神经有些不正常。"不信，你走近了瞧，她的书，十有八九是倒着拿的，她根本不识字。不过，她死掉的老头子，以前倒是很有学问的。"

听了，有些惊诧。再走过她时，我仔细看她，却看不出半点感伤。她衣着整洁，头发已灰白，却像个小姑娘似的，梳成两根小辫，活泼地搭在肩上。她抬头冲我笑一笑，继续埋头做她的事，看书，或在空地上打理一些花草。

我蹲下去看她的花。一排的鸢尾花，开得像紫蝴蝶舞蹁跹。而在那一大丛鸢尾花下，我惊奇地发现了一种小野花，不过米粒大小。它们安静地盛放着，粉蓝粉蓝的，模样动人。我想起不知在哪儿看到的一句话：你知道它时，它开着花，你不知道

你知道它时，它开着花，你不知道它时，它依然开着花。是的是的，它住在自己的美好里。

它时，它依然开着花。是的是的，它住在自己的美好里。亦如那只鸟，亦如那个老妇人，亦如这个尘世中，我所不知道的那些默默无闻的生命。

名师赏析

作者构思奇妙，善于勾连，将"鸟""树""人"的故事统一起来。相互搭配，相互关联，在同一片蓝天下，组成一幅相得益彰的图画。一只鸟，一些杉树，一位校长，一位老妇人。看似没有关联的人与物，却有着一段鲜为人知的故事，住在自己的美好里。也许热闹活泼，也许默默无闻，都是最独特的存在。

全文动静相宜，和谐共生。鸟儿，负了使命似的歌唱；杉树，无忧无虑地成长；文质彬彬的校长，留给人们永久的气息；抑或是那位不识字的老妇人，安宁静谧地，在一架扁豆花下读书……鸟的歌唱，具有动态之美，与"我"交流，给树以守护，也成了老人的伴侣。

作者选择的"鸟"这一意象非常高明，给文章带来了无限生机与活力，同时衬托了树的静态美，也映衬了老校长和老妇人的平和从容。

种 爱

认识陈家老四，缘于我婆婆。

婆婆来我家小住，不过才两天，她就跟小区的人，很熟了。我下班回家，陈家老四正站在我家院门口，跟婆婆热络地说着话。看到我，他腼腆地笑笑："下班啦？"我礼貌地点点头说："是啊。"他看上去，年龄不比我小。

他走后，我问婆婆："这谁啊？"婆婆说："陈家老四啊。"

陈家老四是家里最小的孩子，父亲过世早，上有两个哥哥，一个姐姐，都已另立门户。他们与他感情一般，与母亲感情也一般，平常不怎么往来。只他和寡母，守着祖上传下的三间平房度日。

也没正式工作，蹬着辆破三轮，上街帮人拉货。婆婆怕跑菜市场，有时会托他带一点蔬菜回来。他每次都会准时送过来，看得出，那些蔬菜，已被他重新打理过，整整齐齐干干净净的。婆婆削个水果给他吃，他推托一会，接下水果，憨憨地笑。路上再遇到我，他没头没脑说一句："你婆婆是个好人。"

却得了绝症，肝癌。穷，医院是去不得的，只在家里吃点药，等死。精神气儿好的时候，他会撑着出来走走，身旁跟着他的白发老母亲。小区的人，远远望见他，都避开走，生怕他传染了什么。他坐在我家的小院子里，苦笑着说："我这病，不传染的。"我们点头说："是的，不传染的。"他得到安慰似的，长舒一口气，眼睛里，蒙上一层水雾，感激地冲我们笑。

一天，他跑来跟我婆婆说："阿姨，我怕是快死了，我的肝上，积了很多水。"

我婆婆说："别瞎说，你还小呢，有得活呢。"

他笑了，说："阿姨，你别骗我，我知道我活不长的。只是扔下我妈一个人，不知她以后怎么过。"

我们都有些黯然。春天的气息，正在蓬勃。空气中，满布着新生命的奶香，叶在长，花在开。而他，却像秋天树上挂着的一枚叶，一阵风来，眼看着它就要坠下来，坠下来。

我去上班，他在半路上拦下我。那个时候，他已瘦得不成样了，脸色蜡黄蜡黄的。他腼腆地冲我笑："老师，你可以帮我一个忙么？"我说："当然可以。"他听了很高兴，说他想在小院子里种些花。"你能帮我找些花的种子么？"他用期盼的眼神看着我。见我狐疑地盯着他，他补充道："在家闲着也无聊，想找点事做。"

我跑了一些花店，找到许多花的种子带回来，太阳花，凤仙花，虞美人，喇叭花，一串红……他小心地伸手托着，像对待小小的婴儿，眼睛里，有欢喜的波在荡。

这以后，难得见到他。婆婆说："陈家老四中了邪了，筷子都拿不动的人，却偏要在院子里种花，天天在院子里折腾，哪个劝也不听。"

我笑笑，我的眼前，浮现出他捧着花的种子的样子。真希望他能像那些花儿一样，生命有个重新开始的机会。

一晃,春天要过去了。某天,大清早的,买菜回来的婆婆,突然说:"陈家老四死了。"

像空谷里一声绝响,让人怅怅的。我买了花圈送去,第一次踏进他家小院,以为定是灰暗与冷清的,却不,一院子的姹紫嫣红迎接了我。那些花,开得热情奔放,仿佛落了一院子的小粉蝶。他白发的老母亲,站在花旁,拉着我的手,含泪带笑地说:"这些,都是我家老四种的。"

我一时感动无言,不觉悲哀,只觉美好。原来,生命完全可以以另一种方式,重新存活的,就像他种的一院子的花。而他白发的老母亲,有了花的陪伴,日子亦不会太凄凉。

名师赏析

文章以"种花"展开叙事,以"种爱"作为标题,画龙点睛。作者温暖的目光,记录并提炼出生活的诗意,沁人心脾。内容很美,一种人性的淳美,一种命运的凄美。

主人公"陈家老四",作者对他有出场时的简单介绍,也插叙他的家庭状况和所患疾病,接着细腻传神地描写种花的缘由和动机,他能够坦然接受自己的命运,唯独担心母亲一个人怎么生活。通过种花,以另一种方式,永远守护老母亲。人物也有了一股清冷而又热烈的幽芳,美丽而永不凋谢。

作者以第一人称叙述,平实自然,真切感人。在与陈家老四相处的生活片段中,感受到了他做事憨厚朴实,待人亲切友善，说话从容淡定。

以小见大的写法。不论是蹬三轮，还是种花，都是小事。表现了他始终深情陪伴母亲，永远热爱生活，积极阳光。

小鸟每天唱的歌都不一样

一

一只鸟在啄我的窗。

有时清晨,有时黄昏。有时,竟在上午八九点或下午三四点。

柔软的黄绒毛,柔软的小眼睛,还有淡黄的小嘴——一只小麻雀。它一下一下啄着我的窗,啄得兴致勃勃。窗玻璃被它当作琴弦,它用嘴在上面弹乐曲,"笃""笃""笃",它完全陶醉在它的音乐里。

我在一扇窗玻璃后,看它。我陶醉在它的快乐里。

我们互不干扰。世界安好。

有一段时间,它没来,我很想念它。路上偶抬头,听到空中有鸟叫声划过,心便柔软地欢喜,忍不住这样想:是不是啄我窗子的那一只?

我的窗户很寂寞,在鸟儿远离的日子里。

二

街上有卖鸟的。绿身子,黄尾巴,眼睛像两粒小豌豆。彩笔画出来似的。

鸟在笼子里，啁啾。

我带朋友的小女儿走过。那小人儿看见鸟，眼睛都不转了，她欢叫一声："小鸟哦。"跳过去，蹲下小小的身子看鸟。鸟停止了啁啾，也看她。

他们就那样对望着，好奇地。我惊讶地发现，他们的眼神，何其相似：天真，纯净，一汪清潭。可以历数其中细沙几粒，水草几棵。

小女孩说："阿姨，小鸟在对我笑呢。"

有种语言在弥漫，在小女孩与小鸟之间。

我相信，那一定是灵魂的暗语。

三

我确信我家的屋顶上，住了一窝鸟。

深夜里，我写字倦了，喝一杯温热的白开水。四周俱静。我家屋顶上，突然传来嘈嘈切切的声音，伴着鸟的轻喃，仿佛呓语。我以为，那一定是一家子，鸟爸爸，鸟妈妈，还有鸟孩子。

我微笑着听，深夜的清凉，霎时有了温度。

我开始瞎想，它们是一窝什么样的鸟呢？是"泥融飞燕子"中的燕子么？还是"百啭千声随意移"中的画眉？或许是"两个黄鹂鸣翠柳，一行白鹭上青天"中的黄鹂和白鹭呢？简直活泼极了，翠绿，艳黄，纯白，碧蓝，怎一个惊艳了得？它们鸣唱着，欢叫着，发出天籁之声。

我没有爬上屋顶去看,它们到底是怎样的鸟。我不想知道。

它们一天一天,绵延着我的想象,日子里,便有了久久长长的味道。

四

故事是在无意中看到的。说某地有个退休老人,多少年如一日,用自己的退休金,买了鸟食,去一广场上喂鸟。

为了那些鸟,老人对自己的生活,近乎苛刻,衣服都是穿旧的,饭食都是吃最简单的,出门舍不得打车,都是步行。

鸟对老人也亲。只要老人一出现,一群鸟就飞下来,围着老人翩翩起舞,婉转鸣唱。成当地一奇观。

然流年暗换,老人一日一日老去,一天,他倒在去送鸟食的路上。

当地政府,为弘扬老人精神,给老人塑了一铜像,安置在广场上。铜像安放那天,奇迹出现了,一群一群的鸟,飞过来,绕着老人的铜像哀鸣,久久不肯离去。

我轻易不落的泪,掉下来。鸟知道谁对它们好,鸟是感恩的。

五

有一段时间,我在植物园内住。是参加省作家读书班学习的,选的地方就是好。

两个人一间房,木头的房。房在密林深深处。推开木质窗,窗外就是树，浓密着，如烟地堆开去。

有树就有鸟。那鸟不是一只两只，而是一群一群。我们每天在鸟叫声中醒过来，在鸟叫声中洗脸，吃饭，读书，听课，在鸟叫声中散步，物我两忘，直觉得自己做了神仙。

有女作家带了六岁的孩子来，那孩子每天大清早起床，就伏到窗台上，手握母亲的手机，对着窗外，神情专注。我问他："干吗呢，给小鸟打电话啊？"他轻轻冲我"嘘"了声，一脸神秘地笑了。转过头去，继续专注地握着手机。后来他告诉我，他在给小鸟录音呢。"阿姨，你听你听，小鸟每天唱的歌都不一样。"他举着手机让我听，一脸的兴奋。手机里小鸟的叫声，铺天盖地灌进我的耳里来。如仙乐纷飞。

小鸟每天唱的歌都不一样，这句话，我铭记了。

名师赏析

用一位六岁孩子的话"小鸟每天唱的歌都不一样"作为标题，让人一见欢喜。运用拟人手法，设置悬念，给人无限想象，激发了读者的阅读兴趣。

每一个孩子，天生都是诗人和作家。作者迅速从中捕捉到了一份诗意与烂漫。以"鸟"为线索，运用横式结构布局，全文一气呵成，组成了五个乐章：

把窗玻璃当作琴弦弹乐曲的小麻雀。街上卖鸟人的鸟儿用天真纯净的一汪清潭似的眼睛与小女孩对望暗语。屋顶上的小鸟一家是诗歌里的模样。小鸟绕着政府为广场上喂鸟而去世的退休老人所塑的铜像哀鸣。植物园内六岁孩子给小鸟录音。

这五篇小短文，都有小鸟的啁啾，如动听的乐章，旋律美妙，音韵和谐，是大自然的天籁。它启迪我们，要永葆一颗童心，去关注身边平凡事物中的不平常，领略平凡中蕴藏的美。

第四辑

青春 梦想

让梦想拐个弯

J是我的高中同学。和我们一起念书那会儿,他因偶然撞见海子的那首《面朝大海,春暖花开》的诗,而迷上诗歌,立志要成为一个诗人。他满脑子做着有关诗的梦,为此荒废了学业。

J后来没考上大学。有关他的消息,断断续续地在同学间流传:他外出打工了,他失业了。他结婚了,他离婚了。如此折腾,都是因为诗。他的眼里,除了诗,再也容不下别的。他待在十平方米的小房间里,靠他在纱厂做工的母亲养,几乎足不出户地写着诗。他写的诗稿,足足能装一麻袋,发表的却寥寥无几。有个老编辑,在毙掉他无数的诗稿后,终不忍,遂委婉地对他说,写诗这条路,对你而言,未必适合,你还年轻,可以去尝试别的路。

他没有顿悟。他相信精诚所至,金石为开,仍笔耕不辍,一路向前。多年后,同学聚会见到他,他身影孑然,潦倒不堪。彼时,他的母亲已过世。据说,他母亲过世时,眼睛是睁着的,对他,是一千个一万个放心不下。一口酒入口,呛出他满腔的泪,他终于不得不面对一个事实:这一辈子,他成不了诗人。他哽咽道,我的好年华,就那样白白溜走了,我还能做什么呢？

大家面面相觑，没有人能回答他。记忆里，他是聪明的，理科成绩曾一度辉煌过。他会吹笛子，会拉二胡，绘画也很有天赋。如果他在碰壁之后，选择另一条路走，或许他早就成就一番事业了。

J的故事，让我想起一则寓言来。一只青蛙，很羡慕天空中飞翔的小鸟，它梦想有一天，能变成小鸟。于是，它开始苦练飞翔。它爬到高处，腾跳，起飞。结果可想而知，每次，它都重重摔下来，摔得鼻青脸肿。别的青蛙看不下去了，劝它，青蛙就是青蛙，小鸟就是小鸟，青蛙成不了小鸟，就像小鸟成不了青蛙一样，捕捉虫子才是我们青蛙必须掌握的本领啊。它不听，执意要学会飞翔。它避开众青蛙，独自爬到一座高高的山峰上练习去了。数天后，众青蛙在山脚下，发现了它的尸体——它摔死在岩石上。

执着是一种可贵的品质，然盲目的执着，却是对生命的浪费和伤害。梦想很可爱，但也很现实。当梦想缥缈如天上的云彩，任我们再踮起脚尖，也无法与它相握，这时，我们要学会认知自我，懂得放手，让梦想拐个弯。

认识一个服装设计师，他设计的服装，因其款式别具一格，在圈内很有名。谁也想不到，他曾经的梦想，却是成为一名钢琴家。从小，他的父母不惜倾家荡产栽培他，给他买最昂贵的钢琴，给他请最好的音乐老师。他的童年，是交给钢琴的。他的少年，是交给钢琴的。他的青年，差点也全部交给钢琴。幡然醒悟是在一次音乐会后，台上钢琴家行云流水般的演奏风格，是他永远也无法企及的。他不顾父母的反对，毅然放弃了音乐，改行学习他颇感兴趣的服装设计，很快脱颖而出。

在他的工作室里，悬挂着一幅照片，那是他去云南旅游时拍的：悬崖上，一丛野杜鹃，满满地开着，落霞般的。高远的天空，裸露的岩石，艳红的花朵，生命如此安静，又如此强烈。

他的目光，落在那丛野杜鹃上，他说，野杜鹃一定也做过成为大树的梦的，当那个梦想遥不可及时，它让自己落入尘土，努力地在悬崖上，盛开出属于它自己的绚烂。

名师赏析

俗话说：有志者，事竟成。本文和以往很多人的观点不同：让梦想拐个弯。

全篇选用了三个事例，从不同角度进行论证。很多人终其一生于不适合自己的行业，那是埋没才能，浪费青春。所以，要找一份适合自己的工作，做自己喜欢且擅长的事情。

本文运用正反事例说理，进行了鲜明的对比。高中同学J相信精诚所至，金石为开，可终究没有成为诗人，潦倒一生，后悔莫及；一位服装设计师放弃曾经的钢琴家梦想，改行学习颇感兴趣的服装设计，很快脱颖而出，在圈内很有名气。

中间插叙了一则关于青蛙学飞翔最终摔死在岩石上的寓言故事，强化了作者的观点，一条道走到黑，并不能得到理想的发展，盲目的执着是对生命的浪费和伤害，我们要学会认知自我，懂得放手，适时让梦想拐个弯。

泡桐花开

我的高中,是在离家三四十里的小镇上读的。

那时的交通,远不似今天这么便捷。乡下也不通车,要去镇上,只有两个选择,骑自行车,或步行。家里当时只一辆自行车,我若骑去学校,全家人出门就极不方便了。我于是选择步行。

星期天的午后,我背着干粮———一周吃的咸菜、大米,沿着弯曲的土路,出发去镇上。冬天的天黑得早,我往往要走到太阳落山,才能到达小镇。那个时候,万家灯火已次第亮起,我感到既孤单又荒凉。远远看见学校了,我像极一尾终于找到水的鱼,一头扑进去。

两层的教学楼,红砖红瓦,楼前长着泡桐树。冬天,树干光秃,上面落满阳光。最好看的是四五月,树上缀一树紫色的花,撑着一树的小伞似的。我们人坐在教室里,稍一转头,就与那一树一树的花重逢。

清晨的花树下,晃动着男孩女孩的影,他们在晨读。我也喜欢捧本书,沿着一排的泡桐树走过去,再走过来。紫色的小花,落在书页上,也落在我的心上。我抬头看,怔怔地,想一想不可知的未来,整个人,被一种说不清道不明的情绪笼罩着。青春在骨头里，悄悄地开着花。

读书改变命运——这话不用父母提醒，是早早烙在我的心里的。那时，我是个性格极其内向的女生，家境清贫，自卑是写在脸上的。羡慕过家住镇上的同学，他们穿整洁的衣，说话大声，走路张扬，永远青春勃发的模样。他们住在黛瓦粉墙木板门的房子里，青石板铺就的巷道，走上去，幽深幽深的，像古典的梦。黄昏时分，整个巷道上空，飘着好闻的饭菜香，与我的乡下是多么不同。我拿不出什么可以示人的东西，唯有埋头苦读，用成绩来说话。

忧伤时不时来袭，莫名的。看着满地的落花，想掉泪。对着将逝的黄昏，想逃离。多年后，我才知道，那是青春必经的道路——敏感，脆弱，易感伤。那个时候，我常跑去学校门前的小河边。河岸上，长满野花野草，无人光顾，它们照旧喜眉喜眼地生长。清洌的河水，在微风的吹拂下，笑出好看的波纹。天空中，有鸟成群飞过，快乐的啁啾声，洒落下来。我变得安静，忘了忧伤。那时不懂，生命原是各自按自己的样子活着，只觉得，自己仿佛也变成一朵花，一棵草，一只鸟，甚或是，一瓢清浅。

又一年泡桐花开，紫色的小花，小伞似的，撑了一树又一树。市里举办中学生作文竞赛，校长在全校师生大会上许诺，谁拿到第一名，就请谁的父母来，给佩戴上大红花。我听得心中涟漪四起，暗地里悄悄用功，想着，一定要让我那大字不识一个的母亲，胸前别上大红花。

结果，我真的拿了第一名，全校沸腾。我回家，故意不动声色，只对母亲说，妈，学校让你去一趟。母亲当时正在桑树地里除草，碧绿的桑，是春蚕的希望。母亲听到我的话，脸暗了暗，直起身来，揉着弯疼的腰问我，你闯祸了？

我赶紧回，没。

那学校做什么要我去？母亲觉得不可思议。地里的庄稼活离不开她，再说，她也从没出过远门，去镇上，可算是她去得最远的地方。但最终，母亲还是同意跟我去学校，走之前，她用布袋包了几只鸡蛋揣上，母亲还是担心我在学校出了事，她想用鸡蛋去跟老师打招呼。

母亲被校长迎上主席台，胸前给佩上大红花。母亲一下子手足无措起来，她本能地谦让，这个我不要，你们戴你们戴。校长按住母亲的手，亲切地说，这是你女儿的荣誉，感谢你生了个好女儿，作文竞赛得了第一名，为我们学校争光了。母亲终于明白过来，她局促地笑了，笑出两眶泪。泡桐花的影子，在她黑瘦的脸上荡漾。那一刻，我黑瘦的母亲，美丽得无与伦比。

名师赏析

泡桐花开，是梦想的绽放，是"我"高中阶段从自卑到自信的转变，是母亲接过校长为"我"颁发的作文竞赛第一名奖励的荣耀与光彩。

"泡桐花"是线索。文章五处写"泡桐花"：教学楼前的泡桐花撑着一树的小伞似的，给人以无限憧憬；清晨的花树下勤奋晨读的身影，赋予青春以梦想和力量；黄昏下满地的落花，衬托"我"青春期的敏感、脆弱、感伤心理；又一年泡桐花开时的作文竞赛，让"我"的梦想成为现实；母亲领奖时有泡桐花的影子将她衬托得更美丽。

以花作背景，渲染气氛；以花映衬"我"的心情，真实美妙；以花贯穿叙事细节，增添文采。泡桐花如美丽的少女，充满期待，值得永远守候，是青春的正确打开方式。以泡桐花象征青春的梦想，深化文章主旨。

走着走着，花就开了

栎栎，在给你回这封信的时候，我的音箱里，正播着周艳泓唱的《春暖花开》。这歌我真是喜欢听，好些年了，我一直喜欢着。春来的时候听着，十分地应景。即便是隆冬里听着，也很合宜。它轻快明丽的旋律，总能使人如置身万花丛中，鸟在鸣叫，花在歌唱，生命真是美好啊。"对着蓝天许个心愿，阳光就会照进来"，有些时候，果真是这样。并不是你许的愿有多灵验，而在于你的心情。心里若有阳光，再多的灰暗，也会变得灿烂。

你现在的心情，却整个的，都是灰的。你告诉我，你很焦虑。你不知道要走向哪里，你惧怕着那个"前头"。十八九岁的年纪，你感到，自己已经很老很老了。你陷在童年的回忆里，无休无止。那时，天也蓝，云也白，你聪明伶俐，唐诗宋词，教过几遍，你就能朗朗上口。你学钢琴，一首曲子，弹了一二十遍，就能弹得流畅飞扬。你还登台表演，做过小主持人。一帮孩子里，就数你最出众，你深得众人喜爱。如今，一切都变了，你处处碰壁。从前那个杰出的孩子，已像一粒沙子，掉进沙堆里，再也显示不出一点点的独特。你害怕往前走，你只觉得前头都是黑暗里的黑，看不到一丝光亮。

走着走着，花就开了。只要你不停下脚步，这一刻是道阻且长，下一刻，也许就遇见了人生的丰美。

栎栎，恕我直言，我要说，不是你变得不杰出了，而是，你本身就是一个寻常的孩子。在这世上，我们原本都是寻常中的一员。江海宽大，还不是由一滴一滴寻常的水组成？是的，我不否认，你的聪明伶俐，你的优秀，但这都是在正常智力范围内的。这世上，又有几个孩子天生是愚笨的？你只不过是在某一个或某几个领域里，比别的孩子多走了几步路而已。因此，你有光环加身。那样的光环，耀花了你的眼，使你误以为，你只属于鲜花和掌声。

等你长大一些，你发现，那光环，不知何时，已黯淡了，已无踪无影了。你成了一堆沙子中的一粒，你不能接受，你无所适从。然而我却要恭喜你，恭喜你终于回归到正常，恭喜你成了你。一个人，只有当他不慕虚荣，远离浮华，他才能回归到本真，看清自己，脚踏实地，做好他正在做着的事。就像你的现在，我猜想，你应该还是个学生吧，还在读书吧。那么，你好好读好你的书，热爱大自然，热爱生命，你也就很优秀了。

栎栎，每个人，在这个世上的存在，都是唯一的，独一无二的。做好你自己，以一颗平常心，待人待己。一辈子很长，怎么可能时时有鲜花掌声相伴？很多时候，路得靠你一个人去走，途中会遇到山石林立、崎岖艰难，这都正常。因为你遇到的，别人也会遇到。而这时候，拼的就是勇气、毅力、恒心、信念，你如果比别人多出一分勇气、毅力、恒心和信念，你就有可能到达成功的彼岸，到达你所说的"杰出"。

栎栎，放下你的焦虑，思考一下你到底想要什么。然后，拿出勇气来，认真走好脚下的路。将来的事，充满了无数的不确定性，去愁着忧着做什么呢？你只管走下去，走下去，走着走着，花就开了。只要你不停下脚步，这一刻是道阻且长，下一刻，也许就遇见了人生的丰美。就像牛羊掉进了丰美的草原。

祝福你！

名师赏析

这是作家给一位十八九岁的栎栎的回信。

书信格式，第二人称，真实可信，语言朴素，饱含深情。

开头用歌词点题："心里若有阳光，再多的灰暗，也会变得灿烂。"营造了一种积极美妙的谈话氛围。作者的谈话极有层次感，思路清晰，极有说服力。

首先，分析栎栎的现状，心情灰暗焦虑，并耐心解析其原因：童年光环及优越感，曾经的出众与现在的普通，让栎栎畏惧。

接着，教给栎栎对策。运用比喻，将人比作"平常的一滴水"和"一粒沙子"，每个人都是平常的，要回归本真，看清自己。做好正在做的事，就很优秀了。

最后，赞美和鼓励，给予栎栎更大的勇气、毅力、恒心、信念。

这一番推心置腹的谈话，不仅仅是激励着栎栎面对现实、正视自我的知心话，也是送给每一位成长路上迷茫徘徊者的箴言。

桃花流水窅然去

小桥。流水。凉亭。茂密的垂柳，沿河岸长着。树干粗壮，上面布满褐色的皱纹，一看就是上了年纪的。桥这边一排平房，青砖黛瓦木头窗。桥那边一排平房，同样的青砖黛瓦木头窗。门一律漆成枣红色。房前都有长长的走廊，圆拱门连着，敞开的隧道似的。还有长着法国梧桐的大院落，梧桐棵棵都壮硕得很，绿荫如盖。老人们说，当年这地方，是一个姓戴的地主家的大宅院。后来，收归公家所有，几经周转，最后，改成了学校。周围六七个庄子的孩子，升上初中了，都集中到这儿来读书。门牌简单朴实，黑漆字写在白板子上——戴庄中学。

我念初中的时候，每日里走上六七里地，到这个中学来读书。都是十三四岁的孩子，今儿见着，还瘦小着呢，明儿再见，那个子已蹿长得跟棵小白杨似的。我也在不断地长着个头。母亲翻出旧年的衣衫给我穿，袖子嫌短了，衣摆不够长了。母亲在衣袖上接上一块，在下摆处，也接上一块。用灰的布条，或蓝的布条。我穿着这样的衣裳，走在一群齐整的同学中间，内心自卑得如同倒伏在地的小草。

有个女生，父亲是教师，家境优越。做教师的父亲帮她买漂亮的裙子，还有围巾。春天了，小河两岸的垂柳，绿得人心里发痒。我们的心，也跟着长出绿苞苞来，欣喜有，疼痛有，都是莫名的。课间休息，那个女生，从小桥那头走过来，脖子上系一条玫瑰红的围巾，风吹拂着她的围巾，飘成空中美丽的虹。她的头顶上方，垂下无数根绿丝绦。红的色彩，绿的色彩，把她衬托得像画中人。我确信，那会儿，全校同学的眼光，都落在她的身上。我渴盼也有条那样的红围巾，玫瑰红，花瓣儿般的柔软，然而以我家当时的经济条件，那是遥不可及的梦想。我变得忧伤了。

我的身体亦开始出现了一些变化，开始长胖，开始来潮。第一次见到凳子上的殷红，我大惊失色。同桌女生悄声要我不要动，让我等全班同学走光了再走。她后来告诉我，女生长大了，每个月都要见血的。她帮我洗净了凳子，我羞愧得哭泣不已，觉得自己丑。

我变得不爱说话。即使被老师喊起来回答问题，声音也小得跟蚊子似的。班上男生女生打闹成一片，唯独我是孤独的。男生们给女生取绰号，他们嘻嘻哈哈地叫，女生们嘻嘻哈哈地应。但他们愣是没给我取绰号，让我时刻提着一颗心，担心他们在背地里取笑我。一天，同桌突然告诉我，你也有绰号的呀，你的绰号叫"小胖"。我的心，在那一刻黑沉沉地往下掉，掉到看不见的地方去了。

地理课上，教地理的老人家，在讲台前讲得眉飞色舞。底下的学生，却兀自说着话。老人家管不了，生气地摔了书本。我前排的男生学着他摔书本，不小心带动桌上的墨水瓶，墨水瓶飞起来，不偏不倚，洒了我一身。如果换了一个人，或许我不会那么难过，可偏偏洒我墨水的男生，是我一直暗暗喜欢的。他长得帅气，成绩好，歌唱得也好，还会吹笛子。虽然他一再道歉，在我，却是莫大的伤害，我坚定地认为，他是故意的。从此看见他，跟仇人似的，心却痛得无处安放。

上美术课了，同学们一阵雀跃。老师在黑板上画了一株桃花，让我们仿画。一缕春风从敞开的窗户吹进来，吹动我们的书本。有燕子在窗外呢喃。我的心，在那一刻想逃走，逃得远远的。我想起跟父亲去老街时，看见老街附近有一片桃园，那时，桃正蜜甜在树上。若是千朵万朵桃花一齐怒放，会是什么样子？——我想知道。

我突然就坐不住了，春风里仿佛伸出无数双手，把我使劲往校园外拽。我不要再见到男生的怪模样，女生的怪模样。不要再见到玫瑰红的围巾，别人有，而我没有。不要再见到前排的那个男生，他总是嬉皮笑脸着，露出一口洁白的牙。不要再见到秃顶的英语老师，眼光从镜片后射出来，严厉地盯着我问："今天天气如何，怎么翻译？"

我要去看那些桃花——这想法让我兴奋。我努力按捺住跳动的心，把下午两节课挨下来。两节课后，是活动课，大多数同学，都到操场上玩去了，我溜出校门。满眼是碧绿的麦子，金黄的菜花。人家的房，淹在排山倒海的绿里面黄里面。风吹得人想飞。我一路狂奔，向着那片桃花地。

半路上，遇到一只小狗，有着麦秸黄的毛，有着琥珀似的眼睛。它蹲在路边看我，我也看它，我们的信任，几乎是在一瞬间达成。我行，它也行，起初它离我有几尺远的距离，后来，干脆绕到我的脚边。我临时给它起了个名副其实的名字，小狗。我叫："小狗。"它就朝我摇摇尾巴，好像很满意我这叫法。我们一路相伴着走，一人，一狗，阳光照着，很暖和。

当大片的桃花，映入我的眼帘时，天已暮。一树一树的桃花，铺成一树一树粉粉的红，仿佛流淌的河，静静地，朝着夜幕深处流去。看得我，想哭。有归家的农人，从桃园边过，他们不看桃花，他们看着我，奇怪地问："孩子，你找谁？"

我摇着头，走开。我在心里说，我不找谁，我只找桃花。

那一晚，我一直在桃园边游荡，陪着我的，是那条半路相遇的小狗。走累了，我们钻进桃园，倚着一棵桃树睡了，并不觉得害怕。

第二天清早，我原路返回，小狗一直跟着我。在校门口，我蹲下身子，抱住它的头，不得不跟它说再见。我后来进校园，回头，看到它蹲在校门口看我，眼睛里充满不舍，还有忧伤。

学校里早就闹翻了天，因为我的离校出走。母亲一夜未睡，在外面无头无绪地找了大半宿，一屁股跌坐到教室外的台阶上，哭。当看到我出现时，母亲又惊又怒。所有人都来追问我，到底去哪里了？为什么要离校出走？他们问，我就哭，直哭得上气不接下气，哭得他们反过来劝我不要哭了。其实我那时，根本不知道自己在哭什么，觉得像做了一场梦。但哭过后，我的心宁静了，我安静地坐在教室里，读书，做作业。倒是我的同桌，像探听秘密似的，问我去了哪里。我不说。她眼光幽幽地看着窗外，向往地说："你去的地方，一定很好玩吧？"

成年后，跟母亲笑谈我年少时的种种，我问母亲："记不记得那一次我逃课？"

母亲问："哪一次？"

我说："去看桃花的那一次。"母亲"啊"一声，笑："你一直很乖的,哪里逃过课?"

名师赏析

借用李白的诗句作标题,桃花飘落溪水,随之远远流去。此处别有天地,真如仙境一般。

全文以小见大。围绕我年少时逃课去看桃花的经历,写了美术课的仿画,活动课的自由,一只小狗相随的奇遇,做梦一般的沉醉其间……那儿,犹如美丽的桃花源。成年后回忆,仍觉是少年。

景物描写特别优美。阅读时,可重点体会对桃花的描写,这是青春记忆中最亮丽的色彩。

铺垫丰厚,使情节更自然,主题更鲜明。文章用了大量篇幅交代少年最细腻真实的心理变化,为逃课做铺垫。

铺垫一:艰苦年代家境贫寒,衣着简陋,而同学的红围巾让我羡慕让我自卑。

铺垫二:因为身体初潮而不知所措,变得不爱说话,被起绰号"小胖",让我感觉孤独。

铺垫三:地理课被自己暗暗喜欢的男生泼墨水,内心伤痛得无处安放。

青春是一场花开

十六七岁的年纪,是迫不及待要远走高飞的。像一朵花苞苞,就要开了,就要开了,却总也不见开。光阴是缓慢的,缓慢得像教学楼后矮冬青树下一只慢爬的蜗牛。早上走过时,看它在爬。中午去看,它还在爬,总也爬不到树枝上去。

我时常望着教室的窗外,发呆,天上飘着淡的蓝,或淡的白。风吹得若有似无。我希望人生这惨淡的一页,能速速翻过去。是的,惨淡。那个时候,我进城念高中,穿着母亲纳的布鞋,背着母亲用格子头巾缝的书包,皮肤黝黑,沉默寡言,跟野地里的芨芨草似的,又卑微又渺小。城里的孩子多么不同,他们住黛瓦粉墙的四合院,他们穿时髦鲜艳的衣,从青石板铺就的小巷子里,呼啸而出。他们漂亮白净,神采飞扬,不识四时农作物,叫我们乡下来的孩子"泥腿子"。

我的神经时时绷着,敏感着,怕被伤了,偏偏时时被伤着。他们一个不屑的眼神,一句轻视的话语,都足以让我手脚冰凉。我变得越发地沉默,低着头走路,低着头做事,恨不得能把头埋到泥地里去。

也总是要上他的课。彼时,他四五十岁,挺拔壮实。肤黑,黑得跟漆刷过似的。据说曾去西藏支教过几年。记得他初来上课时，刚一张口，全班都愣住了，他的声音与他的外表，实在不相称，他的声音尖，且细，跟女人似的。几秒钟后，全班哄堂大笑。城里的孩子尤其笑得厉害，他们拍着桌子哗啦啦，哗啦啦。他在前面怒，眼睛环视一遍教室，揪出后排一个张嘴在笑的男生，厉声道："你们这些乡下来的，太没教养了！"

虽然他不是针对我，但这句话，却刺一样的，扎进我的心里面，再难拔去。再上他的课，我从不抬头听讲，兀自做自己的事。他上了一些课后，也终于发现我的"另类"，在课堂上当众点名批评，说出的话，如同蹦出的石子儿似的，硌得人生疼。我越发地不喜欢他了。

他后来不再过问我，甚至连作业都不批改我的。一次，他在班上闲话考大学的事，大家踊跃说着理想中的职业。有城里同学看我一眼，大笑着说，她将来适合去做厨师。一帮同学附和着笑。我看到他的眼光不经意地掠过我，又越过去，什么话也没说，任课堂上笑声一片。

是从那一刻起，我在心里发着誓，我一定要考上，给看不起我的人狠狠一击，特别是他。凌晨，我一个人悄悄起床，到教室里点灯读书，如此的日复一日。结果，高考时我考了高分，他任教的一门，我考了年级第一名。

多年后，高中同学聚会，请来当年的老师，其中有他。他早已不复当年的挺拔，身子佝偻，双鬓染霜，苍老得厉害。这让我意外，想来他也不过六十来岁，何以会如此衰老。他在一帮同学的簇拥下，站到我跟前。同学让他猜，老师，她是哪个？他看着我，笑着摇摇头。同学提醒他，老师，她是当年我们班作文写得最好的那个，叫丁立梅。他看看我，还是抱歉地摇摇头，眼神天真。

有同学悄悄对我耳语，老师失忆了。我一惊，突然想落泪。多年来，我极少回顾青春，以为那是我人生的一道暗疮。可现在，我却多么愿意走回去，他还在讲台上挺拔着，我们还在讲台下稚嫩着。

青春原是一场花开，欢乐或疼痛，都是岁月的赠予。因为经历了，我们才得以成熟，所以，感谢。我上前挽起他，我说，老师，我们合个影吧。相机上，我的笑容，映着他的笑容，当年的天空，铺排在身后。

名师赏析

本文叙事波澜曲折，扣人心弦，细节动人，可以重点欣赏"对比"手法。当年的稚嫩与如今的成熟，曾经的厌恶与现在的感谢，让人领悟了生活的本色，明白了成长的内涵。

对比一：城里同学的时髦鲜艳与乡下孩子的卑微渺小。

对比二：读书时的"我"神经敏感，因老师对男生的批评，而越来越不喜欢他；多年后，"我"对老师是理解和包容的，还上前挽起他一道合影，心存感激。

对比三：老师四五十岁时的挺拔壮实，六十来岁时的身子佝偻，双鬓染霜，苍老得厉害。

通过同学聚会的点滴小事，表达了对过往岁月的怀念，对老师的感恩。回忆青春，留给人很多感触。帮助人成长的方式，有正面激励，也有逆向影响，不管如何，等多年以后，再来重温青春的时光，应该带着一颗感恩的心，去接纳和面对一切人与事。

那一夜，星光如许

那时，真是羡慕她。

我们一群乡下孩子，进城来高考，独自背着简单的行李，无人相送。只她身边，有父亲和上小学的弟弟陪着，前呼后拥的。让穿着一袭白裙子的她，公主般的高贵着。

我们入住招待所。楼下是喧闹的农贸市场，各种买卖的声音，不时灌进耳里来。书是看不进去的，我们伏在窗口，望这个城。城市斑斓，犹如万花筒。我们在心里发着狠，等我们考上了，跳出"农门"，将来也要来这城里住。到那时，我们一天要逛两遍街，把这斑斓悉数看尽。

楼下，一溜排开的水果摊子，红瓤的西瓜，被劈成两半，摆在那儿当招牌。青皮红嘴的桃，堆得尖尖的，望得见甜蜜在里头——真想吃啊。手头却是拮据的——在地里苦活的父母，还顶着烈日在劳作，让我们也舍不得如此奢侈。

一回头，就看见了她的父亲和弟弟，一人手里抱着一个大西瓜，另一人手里提着一袋桃，上楼来了。我们暗暗想，真是有钱人哪。她父亲很快切好西瓜，洗好桃，给她送过去。其时，她正坐在楼道口吹风，一边胡乱地翻着一本书。父亲细心地剔去西瓜里的黑籽，一块一块，递给她吃。她吃到不想吃了，父亲还小声劝着："再吃两块吧，吃了会凉快些的。"

傍晚，我们去盥洗间洗衣服。她父亲也端着一盆衣服去洗，是她刚换下的。她弟弟跟着，却噘着嘴，很不高兴的样子。父亲一边洗衣服，一边和风细雨地对弟弟说："姐姐明天就要高考了，西瓜是要省给姐姐吃的，你要懂事一点，等以后爸爸赚了钱，再给你买。"

我们听着，有些诧异，原来，他也不是个富裕的。回到宿舍，有同学不知从哪儿听来的消息，说她十岁那年，亲爸就死了，他不是她的亲爸，是继父，她弟弟才是他亲生的。我们震住，再见到他，就有了说不清的感动。

那个时候，高考还在最热的七月份。半夜里热得睡不着，加上有些紧张，我们干脆爬上露台去乘凉。不一会儿，看见她也上来了，后面跟着清瘦黝黑的他。他竟搬了一张席子来，摊到露台上，让她躺下。她听话地躺下，他坐在一边，给她摇扇子，一下一下，摇得满地星光飞溅。

我们一时间感动得无话可说，抬了头仰望星空。满天的星星，密集的小蝌蚪似的，拥着挤着，闪着光亮，仿佛就要掉下来。身边，他摇动扇子的声音，像轻轻响着的一支歌。夜风有一搭没一搭吹着，一个城，没在一片宁静里。我们暂且忘了高考的紧张，只觉得这样的夜空，也是极好的。

多年后，每每有人提及高考，我的眼前，总会晃过她的样子：一袭白裙，公主般的高贵着。清瘦黝黑的他守在一边，把一个父亲能给予的亲情和爱，全都无私地给了她。不知她后来考上了没有。那似乎也不重要了，有他撑着，她的天空，一定少有风雨。

名师赏析

  第一节独句成段,直接表达羡慕之情,设置悬念,引出下文情节。

  进城高考,我们无人相送,她却前呼后拥;面对水果摊上红瓤的西瓜,青皮红嘴的桃,虽然诱惑很大,我们却舍不得奢侈,她的父亲却又是西瓜又是桃的买上了楼;对西瓜,她吃到不想吃了,父亲还小声劝着,而她的弟弟却得不到如此优待;我们自己去盥洗间洗衣服,而她却是父亲帮忙;原以为她家很富裕,其实也并不富裕……

  文章运用对比展开写作,富有表现力。写出了这个胜似亲生父亲的继父,对她无微不至的关怀和深沉的爱。凸显出人间的大爱和无私的真情。

  景物描写恰到好处,细节描写真实感人。那一夜,星光如许,如密集的小蝌蚪,闪着光亮,寓意丰富而美妙,缓解了高考期间的紧张感,给人美好的向往,深化了文章主题。

第五辑

感悟 分享

给心灵放一次假

近些年来，有一个词频频出现，这个词叫"过劳死"。这个词出现的背后，有无数灵魂，如夭折的花朵，春天还没过完，它们就凋落在碧绿的枝头，让人徒增无尽伤感。

画家兼导演陈逸飞应算一个。59岁，算不上年老吧，还是神采飞扬的一个人。却因过分追求完美，让生命戛然而止在春天。是在《理发师》的拍摄现场，他第一次胃出血，不得不暂时离开，回上海诊治。医生给他采取了止血措施后，发出死亡警告，他不顾医生劝阻，执意回到拍摄现场。这一走，生命再无挽回的可能。当初的当初，假如他能稍稍放手，给自己的心灵放一次假，现在，他的生命，又该呈现怎样的模样？他应还是神采飞扬着的一个吧？可惜，人生没有假如。

小时的梦想，只要有好衣裳穿有白米饭吃，就是天堂。长大了，有了好衣裳有了白米饭，却向往别墅、洋房和宝马。欲望无止境，总是追赶着我们，马不停蹄地一路向前，向前。累了，倦了，失望了，灰心了……人生到底怎样才算完美？岁月迢迢，我们迷失得不知所踪。两岸的花开过去，我们错失了多少花期？一个世界的姹紫嫣红，都仿佛与我们无关。却在暗夜里，百转千回地烦恼，幸福怎么总是遥不可及？是幸福太遥远吗？如果我们降低欲望，让欲望齐肩高，我们一伸手就能握到，我们的人生，又是怎样一番景象？

朋友宇强，在商海里打拼多年，积下资产过千万，却患上严重的抑郁症。他说，没钱的时候，想钱，有了钱，这心里却空落落的。是他乡下的母亲，拯救了他。母亲说，儿啊，回家来看看，你小时爬过的树还在，你小时摸过鱼的河还在。

朋友回了家。在乡下洒满金粉的黄昏里，他给我打来电话，语气里的兴奋，多得冒着泡儿，他说，你听你听，这鸟叫。电话里，叽叽喳喳的，果是一片鸟叫声。朋友快乐地告诉我，乡下的黄昏，是鸟的天下，听着这么多的鸟叫，他觉得活着，实在是件极有意思的事。

我笑。放弃与得到，是这样的相背离又相互纠缠着。懂得适度放手，我们才能听到鸟叫，才能感受到花开的悸动，风吹的清香，月照的清朗……生命中，原是有那么多好的风景，等着我们去看。

佛家语，菩提本无树，明镜亦非台，本来无一物，何处惹尘埃。诸多的放不开，丢不下，使我们的心灵，日益蒙上厚厚的尘埃，我们活得沉重而彷徨。为什么不试着给心灵放一次假呢？看看书，听听音乐，让四肢沐浴在温暖的阳光下。或者远足，去与自然亲近，听风吹过耳际，看云飘过天空……

我想起爱斯基摩人来，他们总是活得简单而快乐，把一天当作一辈子，从来没有年龄概念。你若问他们多大，他们多半会说不知道。问急了，他们则答：一天。在他们眼里，每天晚上睡着，就是死去，每天清晨醒来，就是复活，他们因这样的复活，而欣喜万分。

把一天当作一辈子，人生便多了很多轮回，也就多了很多新生的快乐。给心灵放一次假，珍惜活着的每一天，才是我们当下要做的事。

名师赏析

作者从网络词入手，引出"过劳死"。接着列举事例，叙议结合，揭示主旨：我们要适时地给心灵放一次假，拥有健康的身体，养成良好的心态，过从容安适的生活。

画家兼导演陈逸飞的事例，让人叹息；我们小时候的梦想极其简单容易实现，成年后的梦想却越来越难、越来越远；朋友宇强商海成功却抑郁，回到老家却得到放松；爱斯基摩人把每天当作复活而欣喜万分。

论证思路清晰。所举四个事例极为典型，涉及中外不同人物代表。

论证角度全面。有反面例子给人警醒，也有正面例子给人激励，让我们学会珍惜。

论证手法灵活。除了事例对比论证，还有比喻论证，将"过劳死"的灵魂比作夭折的花朵；引用佛家语"菩提本无树，明镜亦非台。本来无一物，何处惹尘埃"进行论证。最后得出全文观点，照应标题。

我为什么快乐

你为什么快乐？这个问题，经常被一些朋友拿来问我。

在回答这个问题前，请允许我先讲一个故事：一个长相丑陋的女孩，经常被别人取笑，活得很自卑，性格变得很孤僻。一天，女孩偶遇佛祖，佛祖吃少油少盐的饭菜，穿粗布的衣裳，住简陋的地方。女孩以为清苦极了，却在佛祖脸上，看不到半点不快，只有安然和满足。女孩不解，问佛祖："佛祖，你为什么快乐？"佛祖笑着反问她："我吃得下睡得着，我为什么不快乐？"女孩怔怔半天，忽然想明白了，快乐原是握在自己手中的，她活着她自己，没有必要替别人的取笑买单。女孩不再在意别人的眼光，不再在乎别人的嘲弄和评价，大大方方出入一些场合，笑容灿烂。渐渐地，女孩成了受欢迎的人，她拥有不少朋友，她的长相被朋友们忽略，大家记住的，是她的乐观和开朗。

从这个故事里，你可以弄清楚一个问题：你是为自己活，还是为别人活。若是为别人活，那么，我要告诉你，你永远别想获得真正的快乐。因为，你不可能讨得所有人的喜欢。你做得再完美，也总有人会嫌你不够好。何况，你做不到完美呢？你整天在别人的目光中游走，完全忘了自己，让生命白白消耗，可不可惜？

还是老老实实做回自己吧。你若是只橘子，就注定成不了苹果。你若是朵月季，注定做不了牡丹。那你还苦恼什么？就好好做你的橘子和月季吧。橘子有橘子的甜，苹果有苹果的香，月季有月季的清秀，牡丹有牡丹的艳丽，各有千秋。在很多时候，实在不能比出，谁比谁更优越。

有记者采访一个活到一百〇三岁的老人，询问老人的长寿秘密，老人的回答只有四个字：保持快乐。记者讶然，追问："老人家，生活中，您难道没遇到过不如意的事吗？"老人望着远处，以淡淡一笑作答。他的目光，放逐得很远很远，像穿透了几个世纪似的。一旁有人悄悄告诉记者，老人一生经历过战争，经历过饥荒，经历过动乱，老人所遇到的不如意，能装满满一卡车的。

记者动容。老人的脸上，却微波不兴。老人笑着喃喃语，快乐地过是一天，不快乐地过也是一天，日子要看你怎么过。

生活给了我们一道选择题，一是快乐，一是不快乐。你选择了快乐，你就选择了阳光，选择了温暖。你会看到花开，听到鸟叫。你会在凡来尘往中，感受到活的喜悦。即使遇到一些挫折一些坎坷，你也能乐观地面对。因为你知道，唯有快乐，才能减轻生活附加给你的疼痛，坚持一下，再坚持一下，或许，就能等来云开日出的那一天。相反，如果你选择了不快乐，整天怨天尤人，你的耳朵将会失聪，你的眼睛将会失明，你看不到草绿花开，你听不到流水淙淙。你的世界将阴霾密布，你活得消极又沉闷，生的乐趣，将被你一点一点活埋了。你的心，会未老先衰。

现在，我可以告诉你了，我为什么快乐。那是因为，我别无选择，除了选择快乐。

名师赏析

作为一篇议论性散文，写作手法值得借鉴。结构脉络清晰，先设问引发思考，接着举例论述，最后总结全文，升华主题，用了大量的比喻论证、假设论证、举例论证来证明自己的观点，避免了空洞说理，容易引起读者的共鸣。

阅读时，可用提取观点句的方法，加深对文章内涵的理解。

从"长相丑陋的女孩变得乐观开朗"的事件提炼：你是为自己活，不是为别人活。你不可能讨得所有人的喜欢，做得再完美也总会有人嫌你不够好，老老实实做回自己。

从"百岁老人的长寿秘密"提炼四个字：保持快乐。选择快乐，坚持一下，快乐定会到来；选择不快乐，世界将阴霾密布。快乐，来源于自己的感觉，应该成为我们唯一的选择。

作者观点鲜明，深入浅出，明白易懂，阐述了积极的人生观价值观。

草的味道

下班，开着电瓶车，路边的草地新割了，散发出浓郁的草香。我有种冲动，想停了车，躺倒到草地上去，在那草香里打上几个滚。

怎么形容这香呢？还真说不好。它不似花香，染了脂粉味。它又不似露珠雨水，带着清凉。对，它似乎有种成熟了的谷物的味道，小麦，或是大豆。再闻，却又不是，它香得那么独特，风霜雨露、日月星辰的精华，全在里头。你不由得张大嘴，大口大口地猛吸，五脏六腑都被它灌得醉醉的，如饮佳酿。你猛然醒悟过来，它就是草香哪，用什么也比拟不了。就像一个独特的人，你怎么看，他都与旁人不一样。他有他特有的气质，别人模仿不来。

这是秋冬的草。牛或羊，一整个冬天，都吃着这样的草。牛和羊的身上，都是草香。

春天的草，则又是另一种味道。那些嫩绿的、柔弱的，不能碰，一碰就是一汪水啊。它们多像初生婴儿柔软的发丝和肌肤，浑身上下，散发出奶香。你走过它们身边时，你的心里，有了怜爱。

怜爱真是一种美好的人类情感。你拥有了这种情感，你会对整个世界，都充满善意。同样的，世界回报给你的，也将是美好和善良。

"青青河畔草，绵绵思远道"，我以为写的也是初春的草。这样的画卷，太容易让人沉溺。春回大地，小草甜蜜的气息，率先扑入人的鼻翼。独坐香闺中的女子，暗自吃了一惊，都春天了么？推开窗户，草色入帘青。屋旁的河畔，早已是蜂蝶纷飞。突然的，她悲上心头，远行的人啊，我等你等到草都绿了，你怎么还没有归？——草最担当得起这样的爱情和思念，自然，纯真，绵绵不绝，直叫人柔肠百结。

草也最是宽容，从不计较个人得失恩怨，你踩它、割它，甚至是放火烧它，它依然生长，散发出特有的清香。雨水越多，它越长得欢。所谓水肥草美，才是大自然最好的盛况。我在呼伦贝尔大草原，见识过这种盛况。

在那里，我跟着一棵草走啊走啊，走到呼伦湖，走到贝尔湖，走到根河去。两个老牧羊女坐在草地上。一旁的牛和羊，在安详地啃着草。草地上开着或白或紫的花，东一朵西一朵的，像淘气的孩子，满地乱滚，无秩无序，却有种散漫的天真。我在草地里走，草生出牙齿来，咬我。咬我的，还有满地乱飞的蚊虫。

她们远远看着我笑，说，你应该穿长裤的呀，这儿的虫子多着呢。她们戴头巾，穿长衫长裤，脚蹬靴子，手握马鞭，坐在草地上，悠闲得像草地上开着的花。她们掐一根草，放在嘴里品咂，告诉我，我们这里的好多草，都是上等的草药呢，能治好多病的。问她们，那你们嘴里的草是啥味道呢？她们一齐笑了，答，就是草味呗，香。

她们说，野玫瑰也是一种草。马齿苋也是一种草。格桑花也是一种草。春天开花可好看了，红的，粉的，黄的，很大的一朵朵。她们这么说时，唇齿间，散发出草的香气。让我很想去拥抱她们。

我问她们可不可以拍照。她们很乐意，正正衣冠，端庄地对着我的镜头笑，笑得很像两棵草。

我的老家，也生长着众多的草。每次回家，我都会去看看它们。它们的名字，我一个也没有忘记，牛耳朵、苦艾、蒿子、茅、蒲公英、地阴草、一年蓬、乳丁草、婆婆纳……它们各有各的味道，闭起眼睛，我也能闻得出来。——故乡的味道，那是烙进一个人的骨骼里的。

我很高兴它们一直在，它们在，我的故乡便在。

名师赏析

从自己的亲身经历写起，直奔主题，引出草的味道，写出喜爱之情。接着从花香、谷香、雨水香等多种角度，衬托草香独特的气质，为下文作铺垫。

作者灵活运用了比喻、拟人、象征、引用等修辞手法，写出不同季节的草的不同味道。秋冬，滋养牛羊的生命；春天，给世界以生机；还由诗词"青青河畔草，绵绵思远道"联想到一个缠绵悱恻的爱情和思念的故事。

全文围绕"草的味道"这条线索，对"草的味道""草的品质""草的故事"层层描述，表现了草柔软细腻、富有活力的特点，抒发了对草的怜爱之情，激发读者对美好生活的热爱。还回忆了自己在草原旅行途中的美好遇见，铭记老家各种小草的名字和味道……

　　语言诗情画意，意境博大深远。有生活的味道，故事的美好，文学的雅致。

生命自在

去山东，在沂水大峡谷，遇见一红衣少年。谷口，挤挤挨挨摆着许多摊子，都是卖地方土特产的。红衣少年也夹在其中，只是他的摊子与众不同，他的摊子卖的是蝎子，活的，在几片草叶间蠕动。草叶子装在一个红塑料桶里，有点小恐怖。

少年的左颊上，卧两块铜钱大小的紫红色疤痕，火烧火燎般的。他在抛一枚核桃玩，抛上去，伸手接住。再抛上去，伸手接住。乐此不疲。他的近前，围了一些游人，好奇的居多，大家看看他桶里的蝎子，再看看他。无一例外的，人们都对他脸上的疤产生了兴趣：

"这疤是怎么来的？"

他镇定自若地答："胎记。"

"不会吧，哪有胎记是这个样子的？是不是捉蝎子时，被蝎子咬的？"问者不依不饶。

周围一阵哄笑。

"不，是胎记。"他抬眼笑一笑，继续抛他的核桃玩。

忘不了这个场景，忘不了卖蝎子的这个红衣少年，嘴唇边轻轻荡着一抹笑，他镇定自若地答："胎记。"他坦然面对的那种淡定，让我的灵魂颤动，将来的将来，他或许会遇到辛苦万千，但我相信，他能应对自如。

辽宁。乡下。傍晚时分。我在人家的路边瞎转悠，村庄安静，石头垒的篱笆墙上，牵一些扁豆花，紫蝴蝶一样的。墙根处，开满波斯菊，活活泼泼地占尽绚烂，红红，黄黄。夕阳远远地抛过来，石自在，花自在。心里面陡地温暖起来，哪里的乡下，看上去都让人觉得亲切，不疏远。因为它们骨子里有着相同的性情，都是憨厚朴实的。

突然听到有歌声，在篱笆墙那边响起。歌声嫩得如三月的草芽，沾着露的清纯。我悄悄探过头去，看到一个小女孩，旧衣旧衫，正弯着小小身子，掐着墙边的花，往头上插。山花插满头。

怕惊扰了她，我慢慢走开去。远处的山峦，隐隐约约。有两只晚归的雀，在我头顶上空"吱"一声叫，飞过去。它们落到我眼里的样子，像两朵在空中盛放的黑花朵。遥远的乡下，谁撞见了这份美？——那都无关紧要的。生命自在。

常去一家水果摊买水果。摆水果摊的，是个女人。男人伤残在家，还有一个孩子正读中学，日子是窘迫的。女人四十上下，风吹日晒，算不得美了。可是女人却是美的，因为，她有着鲜艳的红唇，修长的黑眉毛，——明显妆饰过了。她笑眯眯地坐在一排水果后，让人忍不住看两眼，再多看两眼。——美原是可以这样存在的。为什么不呢？

女人让我想起一种花来，我不知道那花的名字，它或许本来就没有名字的。深秋的一天，我偶然撞见它的盛放。花小得像米粒，若不细看，就被忽略了。花长在路旁，在一棵冬青树的后面。冬青树枝繁叶茂，像一道厚重的门，把它给遮掩了。

可是，它开花了，一开就是一片，粉蓝的，像米粒一样撒落。娇小，精巧。美好自在。

名师赏析

本文运用横式结构，讲述了三个故事，表现了"生命自在"的主题。三位人物，或有天生缺陷，或朴实平凡，或境遇不佳，但都从容面对，活出了各自的美好。

山东沂水大峡谷遇到的红衣少年，抛玩核桃乐此不疲，被人问及左颊的胎记，只是微笑应答。辽宁乡下遇到的小女孩穿着旧衣旧衫，插花点缀，歌声清纯。水果摊卖水果的女人，男人伤残，孩子读书，日子窘迫，但掩饰不住她的美。

作者借助身边的故事，表现了不同生命的从容、自在、美好。

用语言描写、外貌描写展示人物性格，用景物描写营造氛围，烘托人物形象。文字简练准确，不事雕琢，真实动人，亲切自然。尤其擅用短句，化繁为简，避长就短，选用富有质感的色彩鲜艳的字词，字字珠玑。思维既有跳跃性，也有连贯性，让人震撼。

阳光的味道

这是初冬。天气尚未冷得彻底，风吹过来，甚至还是和煦的。从七楼望下去，还见一些绿色，夹杂在明黄、深黄、金黄、紫红、橙红、褐粉里，那是银杏、梧桐、桂树、枫树，还有一些白杨和杉树。秋冬转换之际，原是用色彩迎来送往的，斑斓得落不下一丝惆怅。霜叶红于二月花呢，哪一季都有自己的好。这就像我们人生，童年有童年的天真，少年有少年的飞扬，青年有青年的朝气蓬勃，中年有中年的稳健成熟，老年有老年的宽容慈祥，每一个年龄段，都有自己的风和日丽。

阳光在高处，像一群小鸟，飞过来，扑下来，落在七楼的阳台上，觅食一般的。有什么可觅呢？我和写作班的孩子们，在阳台上嬉戏。八九岁的小人儿，青嫩的肌肤，散发出茉莉花般的清甜味。我看到阳光爬上孩子们的脸蛋，爬上孩子们的眉睫，爬到孩子们乌黑的发上。孩子们像向日葵一样的，朵朵饱满。阳光要觅的，可是这人世间最初的味道？清新的，纯粹的，未染杂尘。

仿佛就听到阳光的声音。是一群闹嚷嚷的小雀，挤着拥着，要往屋子里钻。也真的钻进来了，从敞开的大门外，从半开的窗户间。装空调的墙壁上，有绿豆粒大的缝隙，阳光居然也从那里挤了进来。

屋子靠窗的桌子上，茶几上摊开的一本书上，一角的地板上，就有了它跳动的影子。阳光的影子有些像小鱼，尾巴灵活。或者说，阳光就是天空中游动的鱼。

这么一想，再抬头看天空，就觉得有无数的小鱼在游。这些小鱼游下来，把这尘世每一丝被遗漏的缝隙填满，再多的冷和寂寞，也被焐暖了。我想起那年在一旅游地，邂逅一景点，叫"一米阳光"。游人众多，都是冲着那一米阳光去的。幽深的山洞里，光明是隔绝在外的，只能摸索着前行。这个踩了那个的脚后跟，那个撞了这个的肩，时不时还有峭壁碰了头，大家发出惊叫声。突然，眼前一亮，一缕光亮，从头顶悬下，如桑蚕丝般的，抖动着，那是阳光。仰头看，洞顶，在石头与石头之间，天然留有米粒大的缝隙，阳光从那里溜下来。一行人噤了声，只呆呆望着那一米阳光，它是黑里的亮，是寒里的暖，只要你肯给它留一丝缝隙，它就灿烂给你看。

孩子们在阳光下欢闹，孩子们说："老师，我们在泡阳光澡呢。"我一怔，多么形象！阳光被他们扑腾得四处飞溢，像搅碎了一浴盆的水。这"水"，顺着阳台，一路淌下去，淌下去，淌到楼下人家的花被子上，淌到楼下行人的身上。其实，这"水"，早就在空中流淌着，高处有，低处有，满世界都是阳光的海。

孩子们伸出手，左抓一把，右抓一把，仿佛就把阳光抓住了。他们使劲嗅，突然对我说："老师，阳光是有味道的。"我微笑着问："什么味道呢？"孩子们争相回答，一个说，巧克力的味道；一个说，橘子的味道；一个说，菊花茶的味道；一个说,爆米花的味道;一个说,牛奶的味道……

是的是的,小可爱们,阳光是有味道的,那是童心的味道,是这个世界最本真的味道。

名师赏析

文章以"阳光""童真"为主题,抒发了对阳光对孩子们的喜爱与赞美,用孩童般活泼天真的笔触,展示了一幅美好的阳光下的秋冬孩童图景。

作者以清新的笔调,用上作文班的经过展开叙事。描写初冬季节色彩斑斓的景色,对季节与人生的思考,与孩子们的嬉戏,对阳光的种种想象,行文自然流畅,叙事抒情相辅相成,写景、写人、写情相得益彰。作者调动视觉、听觉、味觉,大量运用比喻、拟人、通感的修辞手法,展现季节与人生的关联,引发人们对生命与自然的思考。

阳光的味道,是对孩子的天真活泼的最佳衬托。将阳光比作"一群小鸟""游动的小鱼""一浴缸的水",用孩子的眼光描写阳光,以丰富的思维展开联想想象,化静为动,有形态,有声音,有情趣,表现了孩子们天真、活泼、质朴的本真味道。

爱与哀愁

我养过两条小金鱼，一红一白，像两朵小花，在水里开。

为这两条小金鱼，我特地买了一只漂亮的鱼缸。还不辞十来里，去城郊的河里，捞得鲜嫩的水草几根，放进鱼缸里。

专买的鱼食，搁在随手可取的地方。一有闲暇，我就伏在鱼缸前，一边给它们喂食，一边不错眼地看它们。它们的红身子白身子，穿行于绿绿的水草间，如善舞的伶人，长袖飘飘，煞是动人。

某天清晨，我起床去看它们，却发现它们翻着肚皮，死了。鱼缸静穆，水草静穆。我难过了很久。朋友得知，笑我，"它们是被你的爱害死的"。原来，给鱼喂食不能太勤，太勤了，会撑死它们。怅然。从此，不再养鱼。

我亦养过一盆名贵的花，叫剑兰。花朵橘红，叶柄如剑。装它的盆子也好看，奶白的底子上，拓印一朵秀气的兰花。一眼看中，目光再难他移。兴冲冲把它捧回家，当珍宝似的呵护着，日日勤浇水。不几日，花竟萎了，先是花苞儿未开先谢，后是叶片儿一点一点发黄、卷起，直至整棵植株腐烂掉。伤心不已，不明白，我这么爱它啊！还是朋友一语道破天机，"你浇水浇得太勤了，花给淹死了"。

自此，我亦不再养花。自知自己是个无法把握爱的尺度的人，爱有几分，哀愁就有几分。如同年轻时的一场爱恋。

那时，我满心里装着那个人。吃饭时，想他爱吃的。买衣时，想他爱穿的。天冷了，怕他冻着。下雨了，怕他淋着。路上偶尔看到一朵花开，也想着他，恨不得采了带给他。相处的过程，却不全是欢愉，他常常眉头紧锁，充满忧伤地望着我。那么近，又那么远，仿佛隔着山隔着水。我心里有不好的预感，只以为自己做得不够好，所以，更加倍对他好。到最后，他还是提出分手，分手的理由竟是，你太好了，我怕辜负。

爱一个人，原是爱到七分就够了，还有三分要留着爱自己。爱太满了，对他而言不是幸福，而是负担。这是经年之后，我才明白的道理。

我想起一个母亲。她结婚好几年，却一直没怀上。后来，她多方求医，终得一子。对那孩子自是宠爱有加，真正是含在嘴里怕化了，捧在手上怕跌了。就这样，那孩子一路被宠溺着长大，二十大几的人了，还是衣来伸手、饭来张口，整天不学无术。一不高兴，就对他母亲非骂即打。一天，他又伸手找母亲要钱，母亲没给，他动了怒，竟勒令母亲跪在地板上，一跪大半夜。一贯木讷的父亲，被激怒了，终于忍无可忍，趁儿子熟睡，一锤砸死儿子。警务室里，他的母亲哭得肝肠寸断，语无伦次说："作孽啊，作孽啊。"

为她痛惜，一个原本天真如雪的孩子，毁了。还有她，和她忠厚的男人，这辈子的伤痛，谁能疗治？

世上的道理，原都是这么简单，无论是爱物，还是爱人，都要有所节制。月满则亏，水满则溢，有时，太多的爱不是爱，而是巨大的伤害。

名师赏析

"世上的道理,原都是这么简单,无论是爱物,还是爱人,都要有节制。"其实,爱,也是把双刃剑。爱着,心动着,激情着,美好着。可无节制的爱有时却带着盲目的色彩,盲目之时,往往也会盲心。无节制的爱,有时却是扛着爱的旗帜,行伤害之实。

文中的四个事例,都直奔主题,喂养金鱼太勤,养兰花浇水太勤,谈恋爱时付出太多,宠溺孩子到极致……

都是以爱开始,以哀愁结尾。

这启示我们,凡事都要有分寸,尤其是爱,如果过度了,就变成了一种盲目性的伤害,有可能会变成哀愁。

全文运用分总结构,在每一个故事之后,都有简短的小结句,点明作者的写作意图,使文章内容更加紧凑,其句式有规律又有变化,长短句交错,形式十分美妙。思路清晰,说理透彻,引人沉思。最后一段,对全文进行总结。

第六辑

诗意 美好

清　欢

春天来的时候，大地在一夜间换了新装。绿，绿不尽的绿。河边的白茅们也绿了，"唰"的一下，探出尖尖的小脑袋来。

我们去拔茅针，那是春天馈赠给孩子的零食。

茅针其实是白茅的嫩芽，形似针状，剥开来，里面是又白又嫩的穰。丢进嘴里，水汪汪，甜滋滋的。

那时我尚不知，这种好吃的天然的零嘴儿，是从远古的诗经年代，一路走过来的。"静女其娈，贻我彤管。"春暖花开的时节，美丽的牧羊女，去见约会的小伙子，拿什么做礼物好呢？她踯躅半晌，最后聪明地，拔了一把茅针带给他。

小伙子当然心领神会，他心花怒放，收下茅针当珍宝。"匪女之为美，美人之贻"——不是你这茅针有多好啊，实则因为，它是我心爱的姑娘所赠送的啊。

真正是没有比这个更适合做礼物的了。民间爱恋，原是这等的朴素甜蜜，野生野长着，却自有着它的迷人芳香。

后来，读宋时范成大的诗，看到他写的拔茅针，我乐了。无论沧海桑田如何轮转，这俗世的活法，却如出一辙，生生不息着。不妨读读他写的：

茅针香软渐包茸，蓬虆甘酸半染红。
　　采采归来儿女笑，杖头高挂小筠笼。

　　我们带上的却不是小筠笼，我们挎的是猪草篮子，很大个儿的。猪草篮子早就被搁到一边去了，我们拔呀拔呀拔茅针。肚子吃得溜圆了，吃得不想再吃了，还是拔。把全身上下的衣兜都装满了，还是拔，——可见得，人生来都是贪的。那满地的茅针，哪里就拔得完呢！拔回家去，多半也被扔了。我奶奶不许我们放着过夜，说吃了过夜的茅针会耳聋的。又说，茅针放在家里过夜，会引了蛇来。

　　我偷偷试验过，把茅针藏在枕头底下，却没有耳聋，亦没有蛇来。我很高兴。原来，大人的话，也不能全信的。

　　我们摘凤仙花，不是为了观赏，而是为了染指甲。

　　凤仙花好长，种子掉哪里，哪里就能长出一大片，你追我赶地长，一心一意地长。

　　我家屋角后，每年都有成片成片的凤仙花冒出来。也无须特地播种，乡下的花，少有特地播种的。风一吹，你家的花，跑到我家来了。我家的花，跑去你家了。也有鸟来帮忙，把花种子衔得到处扔。有时，你在废弃的墙头，看见凤仙花，或是鸡冠花，或是一串红了。你也可能在哪个沟渠里，发现了凤仙花的影子。你不必惊讶，乡间的花，原是长了脚的。

　　我家凤仙花开的时候，真有些壮观了，红的黄的白的紫的，像落了一地的小粉蝶，吵嚷得厉害。我们不懂赏花惜花，只管把那些花啊叶子的，摘下来，捣碎，加了明矾，搁上几个时辰，染指甲的原料就算制成了。

天热，晚上屋子里闷，大人们也都要在外头纳凉。虫鸣喁喁，闲花摇落，星子闪亮，静下来的时光，总让人好脾气的。我妈和我奶奶，难得地坐到一起，一边摇着蒲扇，一边话搭话地说些碎语。我和我姐去挑了肥圆的黄豆叶子，让我奶奶给包红指甲。我妈兴致上来了，也会帮我们包。

捣碎的凤仙花，敷在我们的指甲上，上面盖上黄豆叶子，用棉线紧紧缠绕了。一夜过去，第二天，手指甲准变得红艳艳的。

刚包好的手指甲沉甸甸的，偏偏蚊子来叮，手却搔不了痒，急得双脚直跳，却舍不得弄脱缠好的指甲套。我奶奶或我妈，这时会笑着来帮忙。

露水打湿了头发，夜已渐深，却迟迟不肯进屋去睡。小心里，也有了贪，希望这样的静好清欢，能够地久天长。

偶尔上一趟老街，我这枚吃货最大的乐趣，竟不是吃，而是看小人书。

也只老街上才有小人书的书摊。一棵大槐树底下，斜撑着简易的木板子，上面拴着一只只口袋，里面塞满小人书。两分钱可借一本看。

袋子里的硬币，从大过年时就开始攒着，为的是到老街上一饱眼福。

许多的字，不识。不要紧，看着图画，边蒙边猜，也是看得津津有味的。街角喧闹，那一方地盘儿，却是宁静的岛屿。

有孩子口袋里没钱,在小人书摊旁边转。看向小人书的眼神,像看向一大堆美食。守摊的中年男人真是硬心肠,他挥手赶那孩子走,"去,去,去!"像赶偷食的鸡。没钱别想看他的小人书,你再求也没用。

一次,有小孩趁他不注意,抓起两本小人书就跑。待到中年男人反应过来,他已跑进人群中去了。中年男人追了几步,没追着,嘴里骂骂咧咧的。回头,对他的小人书摊更是严加看管。

我为逃跑了的小孩感到高兴。他拥有两本小人书了,那是完全属于他的,他想什么时候看,就什么时候看。他想坐着看,就坐着看。他想躺着看,就躺着看。真好。我心里萌生出这样的愿望,等我长大了,我也要摆一个小人书摊。所有的小孩都免费看,想看哪本,就看哪本。想看多久,就看多久。

我姐没事的时候,喜欢装扮我。

衣裳也就那几件衣裳,是没办法替换的。头发却可以随意摆弄。

我姐在我的头发上花大功夫,要不把它编成许多根小辫子。要不把它卷起来。

家里土墙上贴一仕女图,上面有女子云鬟高挽,簪着菊花一朵朵。我姐突发奇想,要给我梳那样的头。

菊花是不缺的,跑到屋后的河边,想采多少,就有多少。想采什么颜色,就有什么颜色。那里,一年四季,几乎都活跃着小野菊们嬉戏打闹的身影。

我们很快采得一大把。红黄橙白紫,五彩纷纭。

我姐照着墙上的画,给我挽头发,在上面横七竖八插满野菊花。

我顶着这样的头,跑出去。从村子东头,跑到西头。再从南边,跑到北边。沿途无人不惊奇观望,笑叹:"瞧,那小丫头的头。"

若干年后,我听到一首歌,歌里这样唱道:"醉人的笑容你有没有,大雁飞过菊花插满头。"我的眼泪一下子涌了出来,觉得那是在唱我的少年。

名师赏析

以少年时代的生活为背景,突出细节描写,表现了小事所蕴含着的简单而美好的清欢,赋予诗意的想象,融入深刻的意蕴。全文回忆了四件小事:

藏茅针的情节,表现了童心的可贵。

凤仙花染指甲,写出奶奶和母亲的爱,表现亲情的温馨。

看小人书,表现作者对书的痴迷,萌生摆小人书摊的愿望,表达了一种善良的梦想。

姐姐为我梳头的情节,对童年生活及逝去时光的深切怀念。

引用《诗经》名句,描述了牧羊女的民间爱恋故事,朴素甜蜜,野生野长,有着迷人的芳香。引用范成大的诗,描述拔茅针的乐趣。

作者将人、事、景、物、情、理六元素融入文本，每一件小事，既有童年的回忆，也有对美好生活的向往，还有独特感悟。形散神聚，以小见大，清欢就藏在点滴生活的细节深处。

捡得一颗欢喜心

一

我在院门前的花池里种花。花不长,草长。还不止一种草,多种,叫得出名叫不出名的,它们齐齐跑来我的花池里约会。嫩绿的,浅绿的,绛红的,米黄的,不一而足。真让我吃惊,原来,草也可以姹紫嫣红,这般华彩的。这很像一些不起眼的人,你以为他是庸常的,可以忽略不计的,你瞧他不起。等某天,你意外走近了看,他也有妻有子,勤劳努力,幽默爽朗,在他自己的日子里,活得五彩缤纷。

草继续生长,蓬蓬勃勃。我由起初的赏花,变成了赏草,时不时站花池跟前看看它们,意外捡得一颗欢喜心。感谢草!它们不因我的疏忽或是轻慢,而轻视自己一点点,它们寸土必争争取着活的权利。

看着它们,我总要想起这样的诗句来:"青青河边草,绵绵思远道。"诗里的草,是想念远方,还是流落到远方了?你得相信,草也有相思的。无人居住的院落,草守在那里,密密地长,是密密的思念。直到人重新归来,它才退回它的角落。

路过我家门前的人,几次三番好心提醒我:"看,你家花池里的草，都长这么高了，快拔掉啊。"我笑笑，不置可否。心里说的是，这天赐的欢喜，我怎么舍得拔！我还等着它们开花的。

二

晚上，和朋友约好，一起去咖啡厅喝茶。

我先去咖啡厅里等。要一杯白开水，在淡如轻烟的音乐里，慢慢饮。

五楼的位置，在小城不算高，亦不算低。从窗户望下去，有俯瞰的意思了，街道的霓虹灯，还有店铺的辉煌，尽收眼底。

月亮升起来，很大很圆的月亮，在人家的楼顶上晃。天空变得很矮很低，仿佛只要我一伸手，就能够到。我让服务员关了我近旁的灯，这样，月光就可以走进来。

我泡在月光里，一杯白开水喝完，再续一杯。朋友还没来。电话里她万分抱歉地说，临时有事耽搁，来不了了。

真是无趣得很。我站起身，准备走。却在无意中一低头时，被惊呆了，我看见桌上我喝水的杯子里，盛着一个明晃晃的月亮，皎洁清新，水波潋滟。

意外的欢喜，一下子击中我。我重新坐下来，这晚，我和一杯月亮对饮。

三

连续几个晚上，我去河边空地上跑步，都会遇到一对老人。老先生人高马大，年轻时一定魁梧得不得了。老妇人瘦小清秀，年轻时说不定是个美人。

起初我没在意，以为他们是出来兜风的。他们也真的像是兜风的，老先生骑一辆三轮车，上面坐着老妇人。一路的车铃铛"丁零零"，那是老先生故意弄出的声响，跟老顽童似的。让人联想到欢腾的浪花，跳跃的小雨点。

空地的边缘，有个小广场，他们把车停在广场边。我跑远，再回头，就看见了让我难忘的一幕：广场的青砖地上，老先生在前，哈着高大的腰，朝着老妇人伸出双手，身子慢慢往后退着，嘴里不停地鼓励着："好，好，再走两步。好，好，你走得太好了！"隔着两步远的距离，老妇人拄着拐，佝偻着腰，蹒跚着向着老先生走去，一步三挪地，像个学步的娃娃。她的腰弯得真厉害，让人担心她就要趴到地上去。

不难想象，老妇人是遭遇不幸了，中风，或是车祸。这样的不幸，却照见他的心：不怕不怕，有我在，你可以重新再活一回。

一会儿，他们走了，依旧是一路的车铃铛"丁零零"。像欢腾的浪花，像跳跃的小雨点。风清月白。

我在他们的相依里，看不到伤悲，只看到欢喜。

名师赏析

本文运用横式结构，叙述了三件事，集中表现了一个主题：对生活的无限热爱与欢喜。

院门前的花池，花不长草长，领略到不起眼的人，也是那样勤劳努力。

朋友失约喝茶，与月亮对饮，看到了杯中的月亮，收获了一份意外欢喜。

河边一对老人，骑三轮兜风，体会到老夫妻相依相伴的乐观积极。

每一件事都有一颗欢喜心，都有前后的转折。"捡"，出乎意料，是惊喜，是文眼。由此可见，对大家容易忽略的小事件，作者却能够发现不平常的美，发现不一般的寓意。

写景、写物、写人，无不如此。作者有着丰富的积累，有着善于观察的眼睛，有一颗欢喜心，运用第一人称叙述事件过程，让事物情境在描摹中鲜活。语言朴实而富有情味，哲理自然而深入人心。

看 花

　　这时节，只要一有空闲，我就跑出去看花。
　　春天最不值钱的，就是花。
　　走在路上，我有君临天下的感觉，身边莺歌燕舞霓裳飘拂，后宫佳丽何止三千！人实在是有福气了，人并不知。我看路人走过花旁，一树樱花，一树桃花，还有几树海棠，那么沸沸的。他却视而不见，一径走了。我真是急，我恨不得拽住他，你看哪，你且看看哪，你就这么走了，多浪费！
　　也无须追到远处去，就在家门口转着吧，随便地一扭身，你也就能看到好。好是真的好。草都绿了，花都开好了，无一处不是欢欣鼓舞蓬蓬勃勃的。让你想到一个词，花样年华。季节可不正是到了它的花样年华时！
　　蒲公英在草地上眨巴着眼睛。这小家伙性格有点孤傲，少有成群结队的。它们撑着艳艳的小黄脸，东一朵，西一朵的，闲逛着玩儿。遇见，我也总是要向它行行注目礼。比方说，它在砖缝中。比方说，它在背阴的墙脚处。比方说，它在一截断墙上。我的内心，也总会引起一点小震动，生命的丰饶，原在生命本身，无关别的。
　　垂丝海棠开得顶烂漫，顶没心没肺的。春风也不过才吹了两吹，它们就跟商量好了似的，齐刷刷地冒出来，来开茶话会了。每根枝条上，都坐满了小花朵啊，手挽手，肩挨肩的，密密匝匝，盛况空前。

我走过它们身边，我老觉得它们在笑。一朵花先笑了，接着再一朵，再再一朵。然后，千朵万朵跟着笑起来，笑得花枝乱颤，云蒸霞蔚。

笑我吗？我扭头去望，不自觉地，也笑了。

菜花开得就有些蛮不讲理了。它简直是泛滥，有一统天下的野心，成坡成岭，成海成洋。我走进一片菜花地，老疑心耳边响着"哒哒哒"的马蹄声，它是要揭竿而起吗？

乡下的房，这个时候，是顶幸福不过的了，被它左抱右拥着，像荡在黄金波上的一艘船。有人出来，有狗出来，有鸡出来，有羊出来，那"黄金波"就跟着划过一道道细细的浪。风吹菜花。唉唉唉，你只剩叹息的份了。

如果逢着河，如果河边刚好长着一棵野桃树，那你就等着束手就擒吧，你是注定动弹不得的了。水映着一树的花，花映着一河的水，红粉缥缈。有人在河边钓鱼，你看着那人，又欢喜又恼恨。你觉得他是在钓桃花瓣，却又搅了鱼的清梦。鱼嚼桃花影哪，自然与自然相融相生，美到地老天荒。

看到一棵梨树，开出落雪的模样。我走过去，坐在树下，奢侈地发呆。一个信息忽然过来，是远方的一个读者，她说，梅子老师，这些日子我过得很不快乐，我是一个特别在乎别人评价的人，你有过这样的烦恼吗？

我仰头望了望一树的花，笑了。低头回复她，这样的烦恼，从前我也有过，现在没有了，因为，我的活，完全是我自己的事。就像一朵花的开放，它从来没有去征求过谁的同意。风也管不着，鸟也管不着，灵魂便自由了。

名师赏析

全文写春花的美妙、赏花的喜悦与感悟。

用词极其讲究。用"花样年华"突出春花的美好，用"君临天下"描摹赏花感受，用"后宫佳丽"写出种类繁多，用"灵魂自由"表现花的绚烂多彩与蓬勃生机。

选材典型。性格孤傲的蒲公英，没心没肺的垂丝海棠，蛮不讲理的菜花，红粉缥缈的桃花，落雪模样的梨花……详略结合，情感真挚，富有韵味。

拟人随处可见。蒲公英少有成群结队，却无处不在；垂丝海棠开得热闹，花枝乱颤；菜花一统天下，成坡成岭，成海成洋，与农家构成一幅图画；桃花与垂钓的人、嬉戏的鱼相映成趣；在梨树下奢侈地发呆，与读者真诚地对话交流，表明了作者淡定从容的生活态度。

象征手法点题。写花就是写人，每一种花语，暗示一种花的生存状态。

跟着一朵阳光走

那日,我正收拾书桌,突然看到一朵阳光,爬到我的书上。一朵小花似的,喜眉喜眼地开着。又像一只小白猫,蹑手蹑脚着。

我晃晃书页,它便轻轻动了动,一歪头,跳到桌旁的一盆水仙上。在水仙的脸上,调皮地抹上一层薄粉。后来,它跳到窗台上。跳到门前的一棵树上。树光秃秃的,冬天还没真正过去,这朵阳光却不介意,它在赤条条的树枝上蹦蹦跳跳。它知道,用不了多久,那里会重新长出叶来。那时,春天也就来了。

我的脚步不由自主地跟过去,我要跟着一朵阳光走。

阳光跑到屋旁的一堆碎砖上。碎砖是一户人家装修房子留下来的,被大家当作了晒台。有时上面晾着拖把。有时上面晒着鞋子。隔壁的陈奶奶把洗净的雪里蕻,晾在上面,说是要腌咸菜。她半是骄傲半是幸福地说,她在省城里的儿媳妇,特别爱吃她腌的咸菜。

阳光在砖堆上留下了它的热、它的暖。它又跳到一小片菜地上。小菜地瘦瘦长长的,挨着一条小径。原先是块荒地,里面胡乱长些杂草,夏天蚊虫多,走过的人都速速走开,漠然着。后来,不知谁把它整出来,这个在里面栽点葱,那个在里面种点菜。还有人在里面栽了一株海棠。阳光晴好的天,海棠花也开了,一朵一朵,红宝石似的,望过去特别漂亮。大家有事没事,爱凑到这儿,看看葱,看看菜,赏赏花,彼此说些闲话。

谁也不曾留意,阳光已悄悄地,跳到了人的心里面。

现在,这朵阳光继续着它的行程。它走到一片绿化带上。绿化带上有树、有草,也有花。草枯了,花谢了,然不要紧的,它会唤醒它们。我似乎听到它的耳语:生命还会重来,美好就在前面等着。

人是怀抱着希望在这个世上行走的,植物们何尝不是?

树是栾树,叶掉了,枝上留着一撮一撮干枯了的果。我伸手够一串,剥开,里面黑黑的珠子跳出来,和这朵阳光热烈拥抱。我想起有关栾树的记载,说是寺庙多有栽种,用它们的果粒来穿佛珠。

尘世万物,本就存了佛心的。

一只小鸟,在路边的草地里跳跃。它的嘴巴尖尖的、长长的,一身斑斓的毛。奇的是,它的头上,长了两只小小的角。我不识这是什么鸟,这无关它的欢喜安乐。它的头,灵活地东转西转、东张西望,仿佛初来乍到,对周遭的一切好奇极了。

这朵阳光,跳到小鸟的脚边。小鸟一定感觉到了,它低下头去啄食,一上一下,一上一下,怎么啄也啄不完。天空高远,草地温暖。

我微笑起来,干脆在路边坐下来,看小鸟,看阳光。阳光照强大也照弱小,阳光善待每一个生命。我们要做的,唯有不辜负,不辜负这朵阳光,不辜负这场生命。

名师赏析

　　以"阳光"为线索,运用拟人手法,写了自己的心路历程。阳光所及,就是我心之所至。

　　作者移情于物。一朵阳光,如小花似的喜眉喜眼,如小白猫般蹑手蹑脚,也在经历一段奇妙的旅程:给水仙抹一层薄粉,在光秃秃的树枝上蹦跳,跑到屋旁碎砖晒台上,跳到一小片菜地上,走到一片绿化带上,以及栾树上,草地的小鸟脚边……

　　作者奇思妙想,用"这一朵阳光",写出了生活的味道:隔壁陈奶奶晾晒的腌咸菜里包裹着的婆媳情,小菜地里长着大家栽种的各种菜时看菜闲话的邻里情,寺庙种的栾树果粒可以穿佛珠的尘世佛心,小鸟啄食阳光的欢喜安乐。在小细节中渗透着丰富的内涵与情意,富有哲理,让人回味。

　　最后,核心主旨统一全文,不论强大还是弱小,阳光善待每一个生命。

书香做伴

年少的时候,我曾热切地做过一个梦,一个有关书的梦:开一家小书店,抬头是书,低头还是书。

那时家贫,无钱买书。对书的渴望,很像饥寒的人,对一碗热汤的渴盼。偶尔得了几枚硬币,不舍得用,慢慢积攒着,等有一天,走上几十里的土路,到老街上去。

老街上最诱惑我的,不是酸酸甜甜的糖葫芦,不是香喷喷的各色糕点,不是喜欢的红绸带,而是小人书。小人书是属于一个中年男人的,他把书摊摆在某棵大树下,或是巷道的拐角处。书大多破旧得很了,有的甚至连封面都没了,可是,有什么关系呢?它们在我眼里,是散着馨香的。我穿过川流的人群奔过去,我穿过满街的热闹奔过去,远远望见那个男人,望见他脚跟前的书,心里腾跳出欢喜来,哦,在呢,在呢。我扑过去,蹲在那里,租了书看,直看到暮色四合,用尽身上最后一枚硬币。

读小学时,我的班主任家里,订有一些报刊,让我垂涎不已。班主任跟我父亲是旧交,凭着这层关系,我常去他家借书看。他对书也是珍爱的,一次只肯借我一本。有时夜晚,借来的书看完了,我又想看另外的。这种欲望一旦产生,便汹涌澎澎起来，势不可当。怕父母阻拦，我偷偷出门，跑去班主任家，一个人走上五六里的路。乡村的夜，空旷得无边无际，偶有一声两声狗吠，叫得格外突兀，让人心惊肉跳。我看着自己小小的影子，在月下行走，像一枚飘着的叶，内心却被一种幸福，填得满满的。新借得的书，安静地在我的怀里，温良、敦厚，让我有满怀的欢喜。

多年后，我想起那些夜晚，还觉得幸福。母亲惊奇，那时候，你还那么小，一个人走夜路，怎么不晓得害怕？我笑，我那时有书做伴呢，哪里想到怕了？那样的月色，漫着，水一样的。一个村庄，在安睡。我走在村庄的梦里面，怀里的书，散发出温暖亲切的气息。

上高中时，语文老师清瘦矍铄，爱书如命。他藏有一壁橱的书。我憋足了劲学好语文，只为讨得他欢喜，好开口问他借书。他也终于答应我，我想读书时，可以去他家借。

他家住在老街上，很旧的平房，木板门上的铜环都生锈了。屋顶上黛青色的瓦缝里，长着一蓬一蓬的狗尾巴草。这样的房子，在我眼里，却如童话中的小城堡，只要打开，里面就会蹦跳出无数的美好来。

是四五月吧，他屋门前的一棵泡桐树，开了一树紫色的桐花，小花伞似的，撑着。我去借书，看到他在树下坐着，一人，一椅，一本书。读到高兴处，他抚掌大叹，妙啊！

他孩子气的大叹，让我看到人生还有另一种活法：单纯，洁净，桐花一般地美好着，与书有关。

后来，我离开老街，忘了很多的人和事，却常不经意地会想起他：一树的桐花，开得摇摇欲坠，他在树下端坐。如果我的记忆也是一册书，那么，他已成一枚书签，插在这册书里面。

而今，我早已拥有了自己的书房，也算实现了当初的梦想——抬头是书，低头还是书。若是外出，不管去哪里，我最喜欢逛的，定是当地的书店和书摊。

午后时光，太阳暖暖的，风吹得漫漫的，人在阳台上小憩，随便从书架上抽出一本书，摊膝上，风吹哪页读哪页。如果书也是一朵花，我这样想象着，如果是的话，那么，风吹来，随便吹开的一页，那一页，便是盛开的一瓣花。

人、书、风，就这样安静在阳光下、安静在岁月里，妥帖，脉脉温情。

名师赏析

作者以书为线索，写了自己的四个人生阶段对书的喜欢与着迷，运用了多种描写手法。

动作描写极其传神。小时候到老街上小人书摊租书看。"穿""奔""望""扑""蹲"等动词写出了迫不及待而又十分享受的阅读心情。

景物描写、心理描写相互映衬。读小学时，常常走夜路到班主任家借书看。乡村夜晚的空旷、宁静，偶尔的狗吠，让人格外突兀，但有了书香做伴，月色弥漫，而变得温暖亲切，衬托出"我"对书的渴望和借到书的幸福感。

侧面描写恰到好处。藏书丰富的语文老师家如童话的城堡，我拼命学好语文是为了讨老师喜欢而开口借书。

　　细节描写与开头照应。现在拥有书房，外出时最喜欢逛书店和书摊，与"小时候梦想开一家小店"相照应，结构严谨。

灵魂在高处

每逢逛超市，我总要先奔着一叠碟子去，看看货架上有没有上新款，看看有没有我一见倾心的。

我站在一叠碟子跟前，像突然间闯入一座大花园的蝴蝶。满园的花开灼灼，这朵丰腴，那朵明艳，再一朵巧笑嫣然，可怜的蝴蝶，彻彻底底被快乐冲昏了头，不知先落在哪一朵上才好。

这么多的碟子，这么的多！千娇百媚，风情万种。每一次，我都要自己跟自己作斗争，不买了吧，不买了吧，家里的柜子里，实在装太多了。但最终，我都不能把持住自己，管不住的，没用的。我像个沉溺于爱情中的小女孩，但凡有一点点关于他不好的话，是半句也听不进去的。不单单听不进去，还偏要拗着来。你们不肯我跟它好？我偏要跟它好，天崩地陷，刀山火海，我都愿意。它醒着是好，睡着是好，坐着是好，站着是好，即便坏起来，也还是好，全世界，只它一个好。

是啊，只有它，独一无二。亲爱的碟子，我的爱！我要带它回家。

我如愿以偿。

我找洁净的布，把碟子擦洗得干干净净。我在里面装上我爱的小吃，葡萄、大枣，或是饼干、蛋糕。我坐在桌边，看一眼书，看一眼它。碟子真像是盛开在桌上的花朵啊，甜美，可人。装在里面的寻常小吃，也跟着变得灵动起来，都长着一对丹凤眼似的，冲我含情脉脉。简朴的日子，因了一只碟子，竟华丽丽得很了。一同华丽起来的，还有我的心。我觉得，没有比这更好的日子了。

很自然的，我又想到我的祖母。过去年代，大家都穷，我们家孩子多，尤其穷。一日三餐，简陋得不能再简陋，天天喝着稀稀的山芋粥，喝得人没了精神。祖母隔三岔五的，便变着花样，做点美食安慰我们，炸山芋条，或煎山芋饼。山芋条和山芋饼，都拿漂亮的碟子装了。那几只碟子，是青花瓷的，上面盘着靛蓝的花。花瓣儿瘦瘦的、长长的，是恨不得伸到碟子外头来的。那是祖母当年的陪嫁。祖母一直小心收藏着，过些日子，就让它们出来派派用场。这时候，我们就变得欢乐无比，吃着用碟子装着的普通食物，生活有了不一样的滋味。那是苦寒里的暖、长夜里的光。

就像我在一摆水果摊卖水果的女人唇上，看到一抹红。那显然是精心涂上去的口红，在她粗糙的脸上，那么耀眼闪烁。周围的混杂和乱哄哄，也湮没不了那种美丽。它让我每想起一回，就感动一回。尽管我们有时身处劣势，但灵魂仍可以向着高处奔去，活出属于我们自己的庄严和优雅。

名师赏析

标题《灵魂在高处》设置悬念,吸引读者的阅读兴趣。主体部分写三件事,最后在结尾处点明主旨:尽管身处劣势,但灵魂仍可向着高处奔去,活出属于我们自己的庄严和优雅。

本文运用了起承转合式的结构,由平常小事起笔,层层深入,波澜起伏,最后升华文章主旨。

开头由自己亲身经历的事件,自然引出所写的对象——碟子。在逛超市时,总要奔着一叠碟子去。紧接着发表议论:简朴的日子因了一只碟子,而变得华丽起来。

插叙童年时的回忆,写祖母陪嫁的碟子,让普通食物有了不一样的滋味,成为苦寒里的暖、长夜里的光。

最后补叙一笔,简要勾勒身边水果摊卖水果女人唇上的口红,与周围环境形成对比,自然引出全文的主旨,水到渠成,浑然天成。

低到尘埃的美好

一

家附近，住着一群民工，四川人，瘦小的个头。他们分散在城市的各个角落，搞建筑的有，搞装潢的有，修车修鞋搞搬运的也有。一律的男人，生活单调而辛苦。天黑的时候，他们陆续归来，吃完简单的晚饭，就在小区里转悠。看见谁家小孩，他们会停下来，傻笑着看。他们想自家的孩子了。

就有孩子来了，起先一个，后来两个、三个……那些黑瘦的孩子，睁着晶亮的大眼睛，被他们的民工父亲牵着手，小心地打量着这座城。但孩子到底是孩子，他们很快打消不安，在小区的巷道里，如小马驹似的奔跑起来，快乐地。

一日，我去小区商店买东西，在商店门口发现了那群孩子。他们挤挤攘攘在小店门口，一个孩子掌上摊着硬币，他们很认真地在数，一块，两块，三块……

我以为他们贪嘴，想买零食吃呢，笑笑走开了。等我买好东西出来时，看见他们正围着卖女孩子头花的摊儿，热闹地吵着："要红的，要红的，红的好看！"他们把买来的红头花，递到他们中的女孩子手里。又吵嚷着去买贴画，那是男孩子们玩的，贴在衣上，或是墙上。他们争相比较着哪张贴画好看，人人手里，都多了一份满足。

再见到他们在小巷里奔跑，女孩子们黄而稀少的发上，一律盛开着两朵花，艳艳地晃了人的眼。男孩子们的胸前，则都贴着贴画。他们像群追风的猫，抛洒着一路的快乐。

二

去一家专卖店，看中一条纱巾。浅粉的，缀满流苏，无限温柔。

爱不释手，要买。店主抱歉地说，这条不卖，是留给一个人的。

便好奇，她买得，我为什么买不得？你可以让她去挑别的嘛。

店主笑，给我讲了一个故事。故事的主人公，是个女人，女人先天性眼盲。家里境况又不好，她历尽一些人生的酸苦，成了盲人按摩师。女人特别喜欢纱巾，一年四季都系着，搭配着不同的衣服。

也是巧合了，女人那日来她的店，只轻轻一抚这条纱巾，竟脱口说出它的颜色，浅粉的呀。这让店主大为诧异。她当时没带钱，走时一再关照店主，一定要给她留着。

我最终都没见到那个女人。但我想，走在大街上，她应该是最美的那一个。有这样的美在，人世间还有什么样的艰难困苦不能逾越的？

三

朋友去内蒙古大草原。

九月末的大草原，已一片冬的景象，草枯叶黄。零落的蒙古包，孤零在路边。朋友的脑中，原先一直盘旋着"天苍苍，野茫茫，风吹草低见牛羊"的波澜壮阔，直到面对，他才知，生活，远远不是想象里的诗情画意。

主人好客，热情地把他请进蒙古包中。扑鼻的是呛人的羊膻味，一口大锅里，热气正蒸腾，是白水煮羊肉。怕冷的苍蝇，都聚集到室内来，满蒙古包里乱窜。室内陈设简陋，唯一有点现代气息的，是一台十四英寸的电视，很陈旧的样子。看不出实际年龄的老夫妻，红黑的脸上，是谦和的笑，不住地给他让座。坐？哪里坐？黑不溜秋的毡毯，就在脚边上。朋友尴尬地笑，实在是落座也难。心底的怜悯，滔滔江水似的，一漫一大片。

却在回眸的刹那，眼睛被一抹红艳艳牵住。屋角边，一件说不出是什么的物什上，插着一束花。居然是束康乃馨，花朵朵朵绽放，艳红艳红的。朋友诧异，这茫茫无际的大草原，这满眼的枯黄衰败之中，哪里来的康乃馨？

主人夫妻笑得淡然而满足，说，孩子送的。孩子在外读大学呢，我们过生日，他们让邮递员送了花来。

那一瞬间，朋友的灵魂受到极大震撼，朋友联想到幸福这个词，朋友说，幸福哪里有什么标准？原来，每个人有每个人的幸福。

我在朋友的故事里微笑着沉默,我想得更多的是,那些低到尘埃里的美好,它们无处不在。怜悯是对它们的亵渎,而敬畏和感恩,才是对它们最好的礼赞。

名师赏析

那些低到尘埃里的美好,它们无处不在。怜悯是对它们的亵渎,而敬畏和感恩,才是对它们最好的礼赞。

把握了全文的感情基调,再来品读,才能品出其中的真意。

事件一:民工子弟,买花给女孩子插在头发上,买画贴在男孩子的衣服上。

事件二:店主为一位女盲人按摩师留一条浅粉的纱巾。

事件三:内蒙古大草原的一对夫妻,生活贫困,在外读大学的孩子寄花来作生日礼物。

这些普通人的生活,极其平常,会让人视而不见,但透过平淡无奇的事件,看到普通人的大情怀,是一种善良,是一种温暖,是一种爱。低到尘埃,努力活着,有爱,有暖,有坚守,有担当,有生命的本色和质地,有生活的温度与希望,寻常景象也能让人获得无限感动。

第七辑
遇见 发现

槐花深一寸

槐花开的时候,我抽了空去看。人生的旅途说长也长,说短也短,我们能相遇到的花期也有限,我不想错过每一场花开。

槐花也属乡野之花。它比桃花、梨花更与人亲,那是因为它心怀甜蜜。花开时节,空气中密布它的香甜,让你不容忽视。于是乡下孩子的乐事里,就有这么一件,爬上树去摘槐花。那也是极盛大的场景,树上开着槐花,地上掉着槐花,小孩的脖子上、肩上落着槐花,口袋里,还塞着一串串白。随便摘取一朵,放嘴里品咂,甜啊,糖一样的甜。巧妇会做槐花饼、槐花糖。吃得人打嘴不丢。家里养的羊,那些日子也有了口福,把槐花当正餐吃的。

我来赏的这树槐花,在小城的河边。小城新辟了沿河观光带,这棵槐,被当作一景从他处移植过来。其他树种众多,独独它,只一棵。《周礼·秋官》中记载:周代宫廷外种有三棵槐树,三公朝见天子时,分别站在那三棵槐树下。周代的槐,有崇敬的意思在里面。槐又通"怀",是怀想与守望。我瞎想,我们小城移来这棵槐树,是把它当作镇城之树的吧。

傍晚时分,光的影,渐渐散去。黑暗是渐渐加深的,及至一树的白，也没在黑里头。天便完全黑下来了。这时候，赏花变得纯粹，周遭的黑暗做了底子，槐花的白，跳跃出来，是黑布上绣白花。

仰头望向那树白，心莫名被一种情绪填得满满的。说不清那情绪到底是什么。那一刻，时间停顿，风不吹，云不走，仿佛什么都想了，什么都没有想。这是人生的态度，我更愿意把它理解为本能，是由不得你的。

微笑。想起那首出名的山西民歌《我望槐花几时开》。歌里唱："高高山上一树槐／手把栏杆望郎来／娘问女儿你望啥子／我望槐花几时开……"盼郎来的女儿家，心焦焦却偏不承认，偏把相思推给无辜的槐花："哎呀呀，槐花槐花，你咋还没有开？"这里的槐花，浸染上人间情思，惹人爱怜。

一对老夫妻，晚饭后出来散步。他们唠嗑的声音，隐约传来，如虫子在鸣唱。他们走过我身边，奇怪地看看我，并没有停下他们的脚步。却在离我有一段距离后，一个问："人家在看什么呢？"一个答："看槐花呗。"一个说："哦，槐花开了呀。"一个笑答："是啊，开了。"他们的声音，渐渐融入夜色里，融入槐花的甜里去，直至无痕。

我喜欢这样的一问一答，不落空，相依为命。我愿意，老了时，也有这样一个人陪在我身边，听我说一些可有可无的话，然后一一应答。这是最凡俗的，而又是最接近幸福的。

风吹，有花落下来。我捡一串攥手心里，清凉的感觉，在掌中弥漫。白居易写槐花："薄暮宅门前，槐花深一寸。"我以为这是花落景象。古人尚不知花可吃，或者，知可吃而不吃，是为惜花。他们任由槐花自开自落，一径落下去，在地上铺了足有一寸深的白。真是奢侈了那一方土地，埋了那么多香甜的魂。

名师赏析

本文以槐花为线索，自己的行踪、情感、心得体会均围绕槐花展开。形散而神聚，极有层次感，对于写作很有借鉴价值，一段一景，一段一得。

第一段，交代赏槐花的原因，是不想错过每一场花开。直接表现了自己对花的喜爱，对槐花的期待与向往，引出下文。

第二段，用对比手法，描述槐花的特征与香味，表明槐花与人十分亲近，引出对儿时美好情景的回忆。

第三段，引用经典，写出槐花"让人崇敬"，增添了作品内涵。

第四、五段，写傍晚赏花的景致和感受，叙议结合，感情自然而真挚。

第六段，对一首与槐花有关的山西民歌的遐想，浸染人间情思。

第七、八段，写和一对老夫妻偶遇，聆听他们的对话，富有生活气息。

第九段，引用白居易诗词，总结上文，揭示主旨，表达了对槐花的珍惜与赞美。

满架秋风扁豆花

说不清是从哪天起，我回家，都要从一架扁豆花下过。

扁豆栽在一户人家的院墙边。它们缠缠绕绕地长，你中有我，我中有你。顺了院墙，爬。顺了院墙边的树，爬。顺了树枝，爬。又爬上半空中的电线上去了。电线连着路南和路北的人家，一条人行甬道的上空，就这样被扁豆们，很是诗意地搭了一个绿棚子，上有花朵，一小撮一小撮地开着。

秋渐深，别的花且开且落，扁豆花却且落且开。紫色的小花瓣，像蝶翅。无数的蝶翅，在秋风里舞蹁跹。欢天喜地。

花落，结荚，扁豆成形。五岁的侄儿，说出的话最是生动，他说那是绿月亮。看着，还真像，是一弯一弯镶了紫色边的绿月亮。我走过时，稍稍抬一抬手，就会够着路旁的那些绿月亮。想着若把它切碎了，清炒一下，和着大米饭蒸，清香会浸到每粒大米的骨头里。——这是我小时的记忆。乡村人家不把它当稀奇，煮饭时，想起扁豆来，跑出屋子，在屋前的草垛旁，或是院墙边，随便捋上一把，洗净，搁饭锅里蒸着。饭熟，扁豆也熟了。用大碗装了，放点盐，放点味精，再拌点蒜泥，滴两滴香油，那味道，只一个字，香。打嘴也不丢。

这里的扁豆，却无人采摘，一任它挂着。扁豆的主人大概

她家小院前，留一片阴。扁豆花却明媚着，天空也明媚着。

是把它当风景看的。于扁豆，是福了，它可以不受打扰地自然生长，花开花落。

也终于见到扁豆的主人，一整洁干练的老妇人。下午四点钟左右的光景，太阳跑到楼那边去了，她家小院前，留一片阴。扁豆花却明媚着，天空也明媚着。她坐在院前的扁豆花旁，膝上摊一本书，她用手指点着书，一行一行读，朗朗有声。我看一眼扁豆花，看一眼她，觉得她们是浑然一体的。

此后常见到老妇人，都是那个姿势，在扁豆花旁，认真地在读一页书。视力不好了，她读得极慢。人生至此，终于可以停泊在一架扁豆花旁，与时光握手言欢，从容地过了。暗暗想，真人总是不露相的，这老妇人，说不定也是一高人呢。像郑板桥，曾流落到苏北小镇安丰，居住在大悲庵里，春吃瓢儿菜，秋吃扁豆。人见着，不过一乡间普通农人，谁知他满腹诗才？秋风渐凉，他在他居住的厢房门板上，手书浅刻了一副对联："一帘春雨瓢儿菜，满架秋风扁豆花。"几百年过去了，当年的大悲庵，早已化作尘土。但他那句"满架秋风扁豆花"，却与扁豆同在，一代又一代，不知被多少人在秋风中念起。

大自然的美，是永恒的。

清学者查学礼也写过扁豆花："碧水迢迢漾浅沙，几丛修竹野人家。最怜秋满疏篱外，带雨斜开扁豆花。"有人读出凄凉，有人读出寥落，我却读出欢喜。人生秋至，不关紧的，疏篱外，还有扁豆花，在斜风细雨中，满满地开着。生命不息。

名师赏析

《满架秋风扁豆花》是标题也是文眼,这句郑板桥的诗词,为全文营造了美好的意境。

全文用了大量的笔墨描写扁豆。运用了拟人、夸张的手法,写出扁豆长势好,生机蓬勃,用比喻的手法写出扁豆花如蝶翅,扁豆如绿月亮,形象逼真,富有创意。

重点刻画的主人公,是一位整洁干练的老妇人,在扁豆花下阅读。并自然引出郑板桥的诗句,清代查学礼的诗句,增添了文学内涵,体现自己对扁豆的欢喜与赞叹。

作者运用象征手法,由花及人。晚景中的老妇人与时光握手言欢,从容淡定;困境中的郑板桥过着简朴的农家生活,豁达平和。他们的人生态度与扁豆的独特品性融于一体,大自然的生命,积极乐观,从容自如,生生不息,给我们无限美好的启迪。

亦俗亦雅的境界,似近似远的生活,诠释了生命的本色。

才有梅花便不同

趁着天黑,去邻家院子边,折一枝梅回来。这有偷的意思了。——我是,实在架不住它的香。

它香得委实撩人。晚饭后散步,隔着老远,它的香就远远追过来,像撒娇的小女儿,甜腻腻地缠着你,让你架不住心软。我向东走,它追到东边。我向西走,它追到西边。我向南走,它追到南边。我向北走,它追到北边。黑天里看不见,但我知道它在那里,它就在那里,在邻家的院子里。一棵,只一棵。

白天,我在二楼。西窗口。我的目光稍稍向下倾斜,就可以看到它。邻家的院子,终日里铁栅栏圈着,有些冰冷。有了一树的梅,竟是不一样了。连同邻家那个不苟言笑的男人,他在梅树下进进出出,望上去,竟也有了几分亲切。一树细密的黄花朵,不疾不徐地开着,隔了距离看,像镶了一树的黄宝石。枝枝条条,四下里漫开去,它是想把它的欢颜与馨香,送到更远的地方去。一家有花百家香。花比人慷慨,从不吝啬它的香。

梅是大众情人,人见人爱,这在花里面少见。梅的本事,是一般的花学不来的。谁能在冰天雪地里,捧出一颗芬芳的心?谁能在满目的衰败与枯黄之中,抖搂出鲜艳?只有梅了。它从冬到春,在季节最为苍白最为寂寥的时候,它含苞,它绽放。

它是冬天里的安慰，它是春天里的温暖。

喜欢关于梅的一则韵事。相传宋武帝的女儿寿阳公主，某天午睡，独卧于自己寝宫的檐下。旁有一树梅，其时花开正盛。风吹，有花落于公主额上，留下一朵黄色印记，拂之不去。宫人们惊奇地发现，公主因这朵黄色印记，变得更加娇媚动人了。从此，宫人们争相效仿，采得梅花，贴于额前，此为梅花妆。——原来，古代女子的对镜贴花黄，竟是与梅花分不开的。

我对着镜子，摘一朵梅，玩笑般地贴在额前。想我的前生，当也是一个女子吧，她摘过梅花么？她对镜贴过花黄么？想起前日里，去城南见一个朋友。暖暖的天，暖暖的阳光，空气中，有了春的味道。突然闻到一阵幽香，不用寻，我知道，那是梅了。果真的，街边公园里，有梅一棵，裸露的枝条上，爬满小花朵，它们甜蜜着一张张小脸儿，笑逐颜开。有老妇人，在树旁转，她抬眼，四下里看，乘人不备，折下一枝，笑吟吟地，往怀里兜。她那略带天真的样子，让我微笑起来，人生至老，若还能保持着这样一颗喜爱的心，当是十分十分可爱且甜蜜的吧。

亦想起北魏的陆凯。那样一个大男人，居然浪漫到把一枝梅花，装在信封里，寄给好朋友范晔，并赋诗一首："折梅逢驿使，寄与陇头人。江南无所有，聊赠一枝春。"他把他的春天，送给了朋友。做这样的人的朋友，实在是件幸运且幸福的事。

我折回的梅，被我插在书房的笔筒里。简陋的笔筒，因了一枝梅，变得活泼起来俏丽起来。南宋杜耒写梅："寒夜客来茶当酒，竹炉汤沸火初红。寻常一样窗前月，才有梅花便不同。"诗里不见一字对梅的赞美，却把梅的风骨全写尽了。梅有什么？梅有的，就是这样的与众不同啊！一地清月，满室幽香。

那样一个寻常之夜，因窗前一树的梅，诗人的人生，活出了不寻常。

名师赏析

《才有梅花便不同》标题出自南宋杜耒的诗词。

梅花之不同，不仅在于其香味慷慨，妆容娇媚。更在于写了"折了一枝梅"的小故事，三个小情节，有着异曲同工之妙，体现了梅花人见人爱。

"我"趁着天黑去邻家院子边折了一枝梅，插在笔筒里。满室幽香。

老妇人在街边公园乘人不备折下一枝梅，兜在怀里。人生至老却因梅而可爱甜蜜。

北魏陆凯折一枝梅寄给朋友范晔，并赋诗一首。传递幸福的友情。

寻找"不同"点，从而体会作者的诗意匠心。

邻居家因为一株梅花，让那个不苟言笑的男人显得有了几分亲切。

宋武帝的女儿寿阳公主，额上落了一朵梅花，印记拂之不去，有了宫人争相效仿的梅花妆，有了对镜贴花黄的美好传统。

本文的选材独辟蹊径，主题也与众不同，以花喻人，写出了不寻常的境界。

草木有本心

喜欢一切的花草树木。

我以为,所有的草木,都长着一颗玲珑心,天真无邪,纯洁善良。

没有草木是丑陋的。如同青春少女,不用梳妆打扮,一颦一笑,散发出的都是年轻的气息,清新迷人,无可匹敌。

草木从不化妆。所以花红草绿,都是本色。我们常说亲近自然,其实就是亲近草木。我们噼里啪啦跑过去,看见一棵几百年的老树要惊叫,看见满田的油菜花要惊叫,看见芳草茵茵要惊叫。草木却不惊不乍,活出它们本来的样子。

草木也从不背叛远离。你走,草木不走。你遗忘的,草木都给你记着呢。废弃的断壁残垣上,草在长。游子归家,昔日的村庄已成陌生,他找不到曾经的家了。一转身,却望见从前的那棵老槐树,还长在河畔。还是满树的青绿,树丫上,依旧蹲着一只大大的喜鹊窝。天蓝云白,都是昔日啊。他的泪,在那一刻落下。走远的记忆,都走了回来,他童年的笑声,仿佛还在树下回荡,叮叮当当,叮叮当当。感谢草木!让人的灵魂找到归宿。

每一棵草都会说话。它说给大地听。说给昆虫听。说给露珠听。说给小鸟听。说给阳光听。喁喁。喁喁。季节的轮转,原是听了草的话。草绿,春来。草枯,冬至。

每一朵花都在微笑。一瓣一瓣,都是它笑的纹,眉睫飞扬。对着一朵花看久了,你会不自觉微笑起来,心中再多的阴霾,也消失殆尽。这世上,还有什么坎不能迈过去呢?笑也是一天,哭也是一天。不如向一朵花学习,日子笑着过。

新扩建的路旁,秋天移来一排的樟树。可能是为了好运输,所有的树,一律给削去了头。看过去,都光秃秃的一截站着,像断臂的人,叫人心疼。春天,那些树干顶上,却冒出一枚一枚的绿来,团团的,像歇着一群翠绿的小鸟,叽叽喳喳,无限生机。

草木的顽强,人学不来。所以,我敬畏一切草木。

出门旅游,异乡的天空下,意外重逢到一片蓝色的小花。那是一种叫婆婆纳的草,在我的故乡最常见。相隔千万里,它居然也来了。天地有多大,草木就走多远。海的胸怀天空的胸怀,都不及草木的胸怀,它把所有有泥土的地方,都当作故乡。

"草木有本心,何求美人折。"是啊,草木不伪不装,自然天成,大美不言。

名师赏析

本文用拟人手法,写所有的草木,有一颗玲珑心,每一棵草都会说话,每一朵花都在微笑。草木的本色,让人惊叹;

草木的忠诚，让人感念；草木的顽强，让人敬畏；草木的胸怀，让人敬仰。

　　作者把新生的绿叶比作一群翠绿的小鸟，生动形象地写出了樟树的生机，极富趣味，化静为动，虚实结合，实写树叶，又发挥想象写一群可爱的翠绿小鸟，内容丰富而有趣味。还大量运用叠词、视听觉相结合，写出草木与自然万物都有交流，表现了其生机与灵性，强调了作者的喜爱之情。

　　草木是游子的灵魂归宿，是游子的精神家园。天地有多大，草木就走多远，它把所有有泥土的地方，都当作故乡。表现了一种联合观念，一种亲近自然的美好情结。

到古镇去寻古

古镇真的很古，始建于唐开元元年，且有个让人浮想联翩的旧名——东淘。东临大海，大浪淘金——金是没有的，却有盐，至清嘉庆年间，这里已有灶户19694家，灶丁48413名。傍镇有南北贯通的串场河，河面上整天船只穿梭，舟帆楫影。去时运盐，回时黄石板压舱。一日一日，那带回的黄石板，竟在镇上铺出一条七里长街。

有街，人烟必旺。于是，一家一家的店铺林立起来，连成一片，连成黛青的丛林。飞起的檐上，乌青的瓦当，展翅的燕似的，息在上头。上面刻着"福""禄""寿""喜""财"等吉祥的字样。做买卖的乡下人，肩上担一副担子，担子上搁着乡下的土特产。有时他会带了小儿来看稀奇，手里牵着，走上街头。那小人儿哪里见过这等热闹和繁华？脚步迈不动了，眼睛不够转了，隔着行人缝隙，指指店铺里那花花绿绿的糖人要买。指指冒着热气的肉包子要吃。乡下人节俭，也不富裕，哪能都满足了？被做父亲的呵斥着一路走去。也有耍杂耍的，沿街的铜锣敲得当当当，找一块空地，一圈的人，立马围了去。

这是当年的尘世喧闹，如春天的金盏花开，瓣瓣都是金黄的灿烂。历史翻转过一页，再一页，千年时光，也是悠悠过我在一个冬日的黄昏，走近古镇，一个人。街上有另一番尘世的热闹，现时的。商店的音响里，放着流行歌曲。卖水果的摊儿，恨不得摆到街中央，蜜黄的是桔和橘，青中带红的是苹果。我绕过那水果摊，去寻七里长街。问街上走着的一个人，知道七里长街吗？他纳闷地看着我，笑问，哪里有？

亦笑。真的呢，历史已走了这么久这么远，好多的痕迹，早已被风吹雨打去，哪里可寻？但到底还是留了痕迹。黛青的房，在小巷里。明清时的建筑呢。门板已风化成紫黑，门板上的铜锁扣，锈迹深重。轻抚，感觉手底下，有历史的风，猎猎吹过。我与谁的手印重叠了？谁又曾在这个门里，笑望月升日落？不可知了。抬头，那乌青的屋脊上，长一蓬狗尾巴草，在这个冬日的黄昏里，它们很深沉地沉默着，仿佛也是一段历史。

小巷静。有的房内还住着人。有的房内，已不住人了。房都是几进几出的，好内容全在深深处，一家老小的饮食起居都在里头。有花草长得茂盛。庭院深深深几许。天色渐暗，老房子里的光线，便彻底地暗下来。探头过去，需要静等几分钟，方能隐约看见屋内的人和物什。有剃头师傅，还使着老式的剃刀，不紧不慢地在给一个顾客剃头发。剃头师傅很老了，顾客亦很老了，他们的身影，隐在一段幽暗里，是一段旧时光。没有什么声音可以打扰他们，他们在旧时光里，安详。

再有一间房，房内摆满布鞋，一个老人，正抽拉着鞋线——在做布鞋。我想起那些年月，母亲坐在煤油灯下纳鞋底，白棉线抽得哧哧哧的，冬天的深夜，因此有了温度。沿着黄石板铺成的街道，慢慢走，我想，这上面，不知走过多少双布鞋呢，不知走过多少母亲的牵挂和疼爱。富商也好，盐民也罢，总有一个母亲，在为他祈愿，岁岁平安。这样一想，再古老的历史，不过是母亲的历史。

真的就见到一个母亲，很老的母亲了，百岁老人呢。七十多岁的儿子，守着她，在老房子里过。我进去，老人拄着拐，站门边，笑着看我。她的儿子是她最好的讲解员，讲她这么大年纪，还穿针走线，吃饭穿衣，都是自己打理。还说一事，说她自从嫁过来，一直义务清扫周围的街道，前两年还清扫呢。儿子说时，做母亲的一直侧耳倾听着，很放心很满意的样子。上帝厚待仁厚之人，这个老人，就是最好的见证。我转头，看到几盆植物，在小院子里，绿得欣欣向荣。

保存完好的鲍氏大楼是必去看一看的。建于清代的鲍氏大楼，一律的徽式建筑。这里曾经车如流水马如龙，是占地三千多平方米的钱庄，房屋一直延伸到串场河边。每间房的设计都独具匠心，连支撑柱子的石础，也马虎不得，上面精雕细琢着一些动物，或花卉。鲍家有后人，守着一间房。是个很精神的老阿婆，围着家常的围裙在做家务。见到有人去，笑着搭话，伸手一指案桌上一个相框，里面一男子风度翩翩。那是我男人，她说。

我笑。无端地想起一首词来：雕栏玉砌今犹在，只是朱颜改。出门来，院子里静。照墙下面爬满岁月暗生的绿苔，不见了曾经的车水马龙。有人在照墙上探了头看我，忽又隐到后面去了。四周真静啊。

沿了麻石板铺成的小甬道，一路西行，抬眼望去，就是串场河了。当年河水涟涟，波光桨影，现而今，河已塌陷，水也很浅了。这个季节，荒草和芦苇，都顶着一身的枯黄，让人心里顿起凄凉之感。无论岁月曾经如何繁华，谁能拽住岁月的衣襟呢？我们能做的，一是怀念，二是珍惜。

还有汪氏建筑群。还有吴氏家祠。还有万氏古宅、郝氏古宅。还有朱家大院、曹家大院。还有钱维翔故居、袁承业故居……

九坝十三巷七十二个半庙堂，到底是怎样的鼎盛？

那里，盐民哲学家王艮在漫步。平民诗人吴嘉纪在徜徉。

风从南边吹过来，又从北边吹过去。"扬州八怪"之一的郑板桥，对着秋风吟出"一庭春雨瓢儿菜，满架秋风扁豆花"，现世安稳的模样。他住过的大悲庵呢？那里长一棵苦楝树，有鸟从光秃的枝头飞过，一路高叫着飞到别处去了。

人类的承接，原是错综纠缠的脉络，树根似的，盘结而下，与坚实的大地紧紧相连。当我们触摸到那个源头时，我们懂得了，历史的另一个名字，叫厚重。我们唯有尊重和敬畏。

名师赏析

古镇，在东台安丰。作者一方面想象着古镇的原貌，一方面再现了古镇的现状。

先概写七里长街。追溯历史痕迹，想象昔日繁华，同时也描绘了眼前的现代商业气息，今昔对比，详略结合，表达了一种对历史变迁的感慨。

再定点特写小巷。聚焦小巷老房子里的人们，有剃头师傅，有抽拉着鞋线做布鞋的老人，有百岁老人母亲坚守在古镇里生活，有鲍氏大楼守房屋的老阿婆。

最后简笔勾勒更多的古迹。汪氏建筑群、吴氏家祠、万氏古宅……哲学家王艮、诗人吴嘉纪、住过大悲庵的郑板桥。

古镇的厚重历史，让人尊重与敬畏。传统文化，现代发展，应该继承与发展，值得我们思考。

跟着一棵草走

八月下旬去呼伦贝尔，已算不上好时节了。这个时候，大草原的风开始寒了，水开始瘦了，草场被收割了，花们也都凋谢得差不多了。对草原来说，水肥草美的好日子，似乎已翻过一页去。

但我还是决定前往。

到达海拉尔时，上午九点。天下着小雨。冷。很秋深的样子。接站的司机小张说，再过个十天半月，我们这里都该下雪了。一下雪，就得封路了。

打个寒战。把行李箱里为数不多的厚衣裳，全都翻了出来，披挂在身，还是冷得慌。不管了，咱走吧，去草原吧，我要看草去。

我们的车子，像尾鱼似的，很快滑进了草原的草波浪之中。来这儿之前，有句歌词在我脑中反复回荡："天边有一个辽阔的大草原。"唱的就是呼伦贝尔。在我，天真地以为，再辽阔的草原，也不过是多一些草地罢了。等我真的置身其中，我才知它的辽阔，远不是几顶蒙古包、几片草地、几群牛羊，一个数字足以说明，它的总面积竟达到一亿四千九百万亩。境内山峦起伏，河流纵横，湖泊星罗棋布，被人称为"北国碧玉"。

雨，不知何时已停。或许是被风吹走了。是被云吹走了。是被草吹走了。草？是的，这里是草的天下，草的王国。碱草、针茅、苜蓿……一百二十多种牧草，在这里相融共生。它们排列有序，或无序，紧密地团结着，一路向前，开天辟地，纵横千里。间或有紫的花黄的花，跳跃其间。我们看了这棵看那棵，看得眼睛疲倦。揉揉，再看。这个时候，好词好句已不顶用，只能重复地说："好美啊。"司机小张的眼睛却不看草地，他以为没看头了，他说："七月里来，那才叫漂亮呢，草长得好高，比人还高，牛羊都没在里头。花多不胜数，到处都开着大朵的红花白花的。"我听了笑笑，并不遗憾，我见到草的另一番模样，洗尽铅华，慈祥亲厚。

收割好的草们，被卷成了一个一个的草卷，匍匐在草地上。等完全晾干了，牧人们会把它们拖回家去。漫长的冬天，它们将把碧绿的梦，一口一口，喂进马牛羊的胃中。现在，远远望过去，它们更像一头一头的奶牛，和一只一只的肥羊，蹲在那儿。天空阔大无边。生命阔大无边。人呢？人成了误入草原的一只蚂蚁，那么渺小。

我们的车子，跟着一棵草走，从上午，走到下午，再走到黄昏。一棵草还在前面引路，它要走到哪里去呢？山坡柔软。湖泊明亮。它是要走到天上去吧？草和天相接的地方，草就是云，云就是草。

天上的"草"，被风吹动得跑起来，一棵草跑向另一棵草。密集茂盛。在它们之间，偶尔现出一眼的蓝天来，如一眼的湖，蓝得纯粹、醇厚。天空和大地，是分不清了，天也是地，地也是天，这才叫天地一体，洪荒混沌呢。

遇到不少的羊群、牛群、马群。也不见牧人。不顾冷风吹，我下车去，追着一群羊跑，想跟它们亲近一下。羊大概不喜陌生人，一见到我们，拼命跑。牛倒是安静得很，远远瞅着我们，比草原还沉默。

我踩着草，想把自己走成呼伦贝尔大草原的一棵草。草在我的脚下，起伏。却不是温柔的，而是尖锐的长着牙齿的，蚊虫肆虐。怪不得到过这里的人都说，进草原，一定要带上清凉油和红花油，草原上的草会咬人呢，蚊虫也多。我却不以为意，结果什么也没带。我在草地上走了不过十来米远，脚脖子已被草割得生疼，蚊虫在我裸露的皮肤上，留下不少的明目张胆的记号。

原来，做一个牧人，远不是挥挥马鞭子那么轻松美好。

遇到一个牧人，年轻的。他脚蹬马靴，头戴头盔，身穿棉大衣，全副武装，正吆喝着一群马，把它们赶到另外一块草地去。我拦住他说话，我说这儿不是有草可吃么，为什么要赶它们走？他看我一眼，说："不能都啃光了，要留着一些，来年才会长得好。"马群停在另一块草地上，并不吃草，而是以相同的姿势，雕塑一样站立在寒风中，一动不动。问他："马为什么这样？"他答："马冷。"他掏出手机玩。草原上没有信号，上不了网，这不要紧，他可以玩玩游戏。他说冬天没事干，就在家喂喂马。他说再过两年，他也不喂马了，他要去城里，他哥他姐都到城里去了。

我想要去一家真正的蒙古包，喝一碗真正的奶茶，却未能如愿。蒙古包自然是有的，撑着洁白的毡房，跟一朵一朵的大蘑菇似的，开在草原上。但那都是为接待游客而搭建的，跟戏服似的,是表演。游客们在那里吃吃饭、骑骑马,纯粹的玩耍。从前的游牧民族,都不住蒙古包了,他们有了固定的住所,砖墙砖瓦地砌了房。他们的后代,能进城的,也都进城了,跑去海拉尔,或是额尔古纳,在那里买房。游牧生活对于年轻人而言,早已渐行渐远,成为古话。

我听到寂寞,"轰"的一声,在草原的骨头里弹响。

名师赏析

跟着一棵草走,在旅行中感受呼伦贝尔的季节变化、天地辽阔、游牧生活、自然变迁等。

多角度写草原的特征。草原辽阔,人称"北国碧玉",牧草种类多,季节变化显著,七月份的草原最漂亮,八月的草原洗尽铅华,慈祥亲厚。

多层次写牛羊。羊会躲避陌生人,牛很安静沉默,马群怕冷,不同的动物不同的特性,真实地映照了牧民的艰难生活。

多侧面写牧民的生活。八月下旬的草原冷得慌,再过十天半月就要下雪,侧面表现牧民的生活环境艰苦;没能喝到真正的奶茶,是因为从前的游牧民族都搬迁或进城了,体现了游牧民族的生活渐行渐远。表达了作者深切的遗憾与惋惜。